魅丽文化

爱有引力

Ai You Yinli

蓝瓦 · 著

百花洲文艺出版社
BAILHUAZHOU LITERATURE AND ART PUBLISHING HOUSE

图书在版编目（CIP）数据

爱有引力 / 蓝瓦著 . — 南昌：百花洲文艺出版社，
2020.1
　　ISBN 978-7-5500-3523-2

　　Ⅰ . ①爱… Ⅱ . ①蓝… Ⅲ . ①随笔－作品集－中国－
当代 Ⅳ . ① I267.1

中国版本图书馆 CIP 数据核字（2019）第 264371 号

爱有引力

蓝瓦 著

责任编辑	郝玮刚　程慧敏	
选题策划	吴小波	
特约编辑	雷凤伶	
封面设计	刘芳英	
出版发行	百花洲文艺出版社	
社　　址	南昌市红谷滩新区世贸路 898 号博能中心 A 座 20 楼	
邮　　编	330038	
经　　销	全国新华书店	
印　　刷	湖南凌宇纸品有限公司	
开　　本	880 × 1230 毫米	1/32
印　　张	9	
版　　次	2020 年 4 月第 1 版第 1 次印刷	
字　　数	165 千字	
书　　号	ISBN 978-7-5500-3523-2	
定　　价	38.00 元	

赣版权登字　05-2019-346
版权所有　　侵权必究

网　　址　http：//www.bhzwy.com
图书若有印装错误，影响阅读，可向承印厂联系调换。

目录

Ai You Yinli

CONTENTS

第一章

是爱情的话，
晚一点也没关系

爱有引力

2018 年我出版了一本书，上市之后红树第一时间购买支持。

我在作者介绍里写了一句："最喜欢写的是爱情，最爱的人是红树。"红树看了，没说什么。

那会他有个新漫画在杂志上连载，杂志上会刊登作者（主笔和编剧）的头像和简介。

杂志上市后，很快就收到了杂志社寄来的样刊。我轻轻翻开，他的简介写得很文艺："北八百里，海河间有红树，唯蓝瓦可见其貌。"

红树对我一向温柔，但我也惹怒过他。

那次我说话有点过分，具体说了什么我也忘了，貌似触及他的底线。

他当时忍无可忍，痛心疾首地吼了一句："虽然我和你之间还有爱情，但是我和你的友情已经走到了尽头！"

在生活中，红树除了是我的恋人，还充当了我的工作伙伴、知己好友、亲人等各种角色。可因为我触犯了他的底线，所以他不想和我做好朋友了。

红树对我说过最狠最绝情的话，也就如此而已。

红树一直认为语言暴力很可怕，平时说话非常注意，会考虑对方的感受。但随着相处的时间越来越长，我发现他渐渐被我带偏了。

红树是美术生，原来的人生计划是成为职业画手，但阴差阳错荒废了。反而因为从小热爱漫画，又喜欢写故事，最终成为漫画编剧。

画画彻底变成了他的业余爱好，也是一种放松的方式。

某一天，他难得用心给我画了一张素描，基本上是看我一眼画一笔。

我在心里默默想：他一定在某个瞬间被我的绝美侧颜迷住了，所以忍不住要画下来。

自恋的同时也有一丝懊恼，早知道就化个美美的妆。

画完之后，我说你现在别看着我画，改好看点。红树有些懵，我解释说我的需求不是百分百写实，关键是好看。心想无非就是眼睛改大一点，睫毛画长点，鼻子修挺点，脸再画尖点，应该也不是难事。

红树点点头："要画好看对吧，明白了。"

我一脸期待，眼睁睁地看着他拿橡皮把素描上的眼睛、睫毛、鼻子、嘴巴全擦掉了……

什么意思？是说我的脸没法改好看只能重新画吗？

太过分了！我忍不住瞪他。

大概是求生欲还没有完全丧失掉，他又花了好几个小时板绘了一张 Q 版画。

整体上还是不错的，就是脸画得圆鼓鼓的，像个大包子，眼睛又大又圆好像在瞪着谁看一样。

我："看起来有点凶啊。"

他："你哪有胸？"

我："……"

♥　04　♥

还有一次，他去一家公司谈项目，公司里有很多年轻女孩儿。

他给我发消息："我要去认识很多妹子！"

我给他发了一个可怜的表情，他发回一串"哈哈哈"，非常得意。

然而我话锋一转："挺好呀，多认识一些。"

他顿时就慌了："……居然是挺好？你不爱我了吗？"

然后又补了一句："然而我可是很爱你的啊。"

我："我也是很爱你的呢。"

他："想逗逗你竟然没成功。"

我："那是，我嘴多硬啊。"

我的意思是其实成功了啊，只是我嘴硬，就算真的吃醋也死不承认。

结果，他回我一句："你是小鸭子吗……"

♥ 05 ♥

和红树相识的时候，我二十五岁，他二十四岁。

二十五年来我一直单身，没有恋爱过，父母因此很担心我的终身大事。早几年，也有人劝我，说所谓谈恋爱、结婚，不过是找个人过日子罢了。我不以为然，如果不是彼此动心，我宁可一直单身下去。

和红树一南一北，素昧平生，却在同一天来了北京，去了同一家公司。

有时候真觉得缘分真是妙不可言。

认识不到两个月我们就在一起了，没有谁追谁。

我先撩他，他先表白。

确定恋爱关系的第一天，我们和普通情侣一样约会。

爱有引力

　　随便选了一家自助餐厅，聊的还是平时那些话题。我喝了一口饮料，刚放下杯子，猝不及防的，红树突然凑近亲了我一下。

　　我大脑一片空白，几乎吓傻了。

　　红树看我呆呆傻傻，有一些尴尬和慌张："你……你……你……别生气，都怪我，太突然了。"

　　"对不起……"我低着头，脸红到了耳根，"这是我的初吻。"

　　"原来是这样，难怪一点回应都没有。"红树挑挑眉，"没事，我会帮你勤加练习的！"

　　这一副经验丰富的语气是怎么回事？难道他……

　　"你之前谈过恋爱吗？"我抬眼看他。

　　他如实作答："没有。"

　　切，我就知道是彼此彼此。

　　"那以后我们一起练习。"

♥　06　♥

　　红树原本性情阴郁，还有点悲观主义。我和他正好相反，积极乐观，凡事总往好的一面想。

　　红树常常说我美好得像天使，还说我像太阳一样会发光，是我的温暖慢慢治愈了他。

　　他甚至还有点小嘚瑟："以前听别人说女朋友各种闹腾，各种烦心，这些都是他们胡编乱造的吧，我女朋友就从来不这样！"

嗯，旗帜就这么鲜明地立下了。

这个平时说话非常谨慎，全方位防止插旗的少年，还是不慎在阴沟里翻了船。

事实证明，只要是被宠溺过度，时间长了会无师自通学会恃宠而骄的，我就是如此。

那种被无限宠爱的感觉，八辈子都用不完的安全感，让我在不知不觉中从天使变成了"小恶魔"。一言不合就使性子要他哄，红树每次都非常有耐心，想尽办法哄我开心。

红树最害怕的，是我一吵架就说分手。

他说他从五岁起就没再流过眼泪，以为会一直如此。

可因为我说要离开他，他没忍住哭了。

他依旧认为我是一个美好的女孩儿，根本没去想这是我在作在闹，而是认为自己做得不好，男朋友当得不称职。再不然，就是我不喜欢他了。

毕竟他对我的欣赏和爱意是能直接说出来的，他能说出很多个喜欢我的理由，而我却一个也说不出来。因为在我的观念里，爱情是奇妙的、难以捉摸的，甚至是没有原因的，所以我对他的倾慕和爱意，究竟到了哪种程度，能维持多久，其实很多时候，他自己心里也没底。

我得知他的真实想法后有些懊恼，毕竟他受到伤害，我也不好受。于是，我告诉他，我很爱他，我给他的爱也是永永远远的。

如此一来，当他知道我只是仗着他喜欢我偶尔欺负一下他之后，整个人反而宽慰了不少。是的，只要不是我不喜欢他，其他的事情他都不怕。

看着他可怜兮兮的模样，我心软了，毕竟是要在一起一辈子的人，还是少欺负他一些吧。

我向他承诺："以后绝不再提分手了！"

他立马笑得像个孩子。

我也确实遵守了诺言，没再说过要分手的话，包括结婚后也没说过离婚这种字眼。

♥ 07 ♥

某一天，两人又因为鸡毛蒜皮的小事开始拌嘴，由于我不占理，没吵几句就落了下风。吵不赢，又不能说离婚这种话来吓唬他，眼看就要落下风了。

但是拌嘴之事岂能言败，没办法，我只能使出女人的杀手锏："你不爱我！"

红树的气势当场就弱了下来，立马开始求饶："我爱你啊！你别毁谤我好不好，你打我骂我怎样都行，但是你不能毁谤我，说我不爱你，我明明最爱你了啊！"

"最爱？"我故意找茬儿，"那你就是还有第二爱的咯，是谁呢？"

"是你啊，最爱的是你！第二爱的也是你！第三还是你！其他亲朋好友从第四开始排，前三都是你啊！"

一个人独霸前三名？第一次听到这种匪夷所思的排名方法，我不禁开始反思，我一定是被红树惯坏了，已经骄纵到无法无天的地步了，把他逼得已没有基本逻辑了。

这样的我，连我自己都不太喜欢，可他却还是这么喜欢我……

难道吵架就一定要分出胜负吗？我仔细回忆了一下，刚开始在一起时，吵架的情形……

♥　08　♥

同样是一些无伤大雅的小事，大概就是豆腐脑甜些好吃还是咸些好吃这种问题，我们俩莫名其妙就吵了起来。

我赌气不理他，径直往前走。

他不敢说话，就一直跟在我身后。

走着走着我突然发现自己都忘记当时发生了什么事，怎么吵起来的，简直哭笑不得。

正好路过一个小卖部，我说："我去买瓶水喝。"

沉默了许久的我终于开口讲话，红树悬着的一颗心终于放下，

也敢碰我了。

他伸手拉住了我："我不渴。"

我没好气地回道："我渴！"

"我不渴。"他重复了一句，同时慢慢靠近我，两人的鼻尖几乎要碰到一起。他好看的眉眼让我看得心跳加速，彼此的气息在脖颈间流动。

那一瞬间，我很想吻他。

但毕竟还在冷战，我怎么可以认输！我努力控制着自己，甚至试图推开他。

这时，我听到红树说："你难道……没有什么冲动吗？"

这种引诱，击溃了我所有的理智，我瞬间亲了上去……我的脸红得发烫，羞赧又纠结，这样算什么？和好了？

"怎么样？还渴吗？"

我："……"

什么脑回路啊？难道接吻可以解渴吗？

我轻轻地踹了他一脚："喂，去小卖部帮我买水！"

这样一对比，以前的我确实比现在可爱多了。

于是，我默默反省了一天。

晚上睡觉的时候，我诚恳地向红树做检讨。

"对不起让你打脸了，我现在成了那种又作又闹的女朋友。"

红树摸摸我的头："是我惯的，不关你的事。"

"那我现在变成这样了，是不是很不好啊？都说不作死就不会死……"

红树宠溺地笑了笑："你就放心作吧，你在我这儿，怎么作都作不死。"

"你又惯着我，你看我现在都变成什么样了，当初在一起的时候说好要做最好的自己，我现在都……"

"没事，你只是跟我作而已，对其他人你还是落落大方、知书达理的，确实是变得更好了啊。"红树说，"其实，能把你惯成这样，我还挺有成就感的。"

"成就感？"

"是啊，你现在这样，说明跟我在一起很幸福，很有安全感。"

这么一说，好像也蛮有道理嘛。

"不过……"红树一副欲言又止的模样。

"不过什么？"

红树靠近我："我是一个很公平的人，你每毁谤我不爱你一次，每无理取闹一次，我都会适当惩罚一下你。"

我心里有点发毛："你……要怎么惩罚我？我不喜欢洗碗，我还不喜欢……"

我的话没说完，突然就被他扑倒了。

"这些多没意思，我还是喜欢在床上惩罚你。"

"……唔。"

爱有引力

我和红树从相恋到结婚，算比较快的。有朋友问我这么快成为已婚妇女干吗？多些谈恋爱的时间多好。

我笑了笑说没差别啊，领证是为了合法，婚礼只是为了告诉大家我们的关系合法。实际上我和红树的相处模式，根本没有受到影响。

我们是要谈一辈子恋爱的，婚内恋爱难道就不是恋爱了吗？

朋友愕然，还有这种操作的吗？

其实这么早结婚，我也有些自己的私心……

羞涩而甜蜜的约会、彻夜不眠地发消息、人群中默契地交换眼神……这些都非常美好，但每一次分开都像生离死别，依靠第二天的见面来续命，也确确实实是一种煎熬。

我曾经并不喜欢等红绿灯，觉得甚是无聊。

和红树在一起后，等红绿灯的间隙，如果旁边没其他人他就会吻我，等多久就吻多久，后来我就开始喜欢等红绿灯了。

再后来，每次远远地看到红绿灯，都会条件反射地心脏一阵悸动。两人心照不宣地交换眼神，微微脸红。

天气好的时候，我们会牵手到户外去散步，拥抱大自然。比如春天的午后，清幽的夏夜。秋天的时候会有一地金黄的落叶，我们喜欢踩在上面听沙沙的声音，冬天我们会在一片银装素裹的雪地里打雪仗。

一日雨过天晴，空气格外清新，我拉着他愉快地压马路。

"有彩虹。"红树看着天空淡淡地说了一句，习以为常的语气。

彩虹！我以前从没见过彩虹，整个人激动得不行，看着天上那轮美丽的光晕犯痴，嘴里不停地念叨着："彩虹啊！是彩虹……我第一次见到彩虹……"

我随手把手机递给他，想让他帮我跟彩虹合个影。我转身的那一瞬间，他的吻扑面而来。

五光十色的彩虹映照着晴空万里，虹桥下的恋人深深地拥吻，这一幕，成为我心中最美的画面。

后来，我刷微博刷到一个博主的话题，问记忆中最深刻的一次吻是什么时候？

我和红树讨论了起来。

"彩虹吻！"我回答得不假思索，然后问他，"那你呢？"

"大概是……车咚吻？"

爱有引力

那是彩虹吻过后没多久的一个夜晚，红树送我回住处。

"你身上好香。"他突然说。

香？难道是化妆品？可是今天没有化妆啊……我有些疑惑。

"怎么香了？"

"可能是体香吧，我也不知道，就是感觉特别好闻，可能是你身上独特的味道吧。"

他忍不住嗅了嗅："真的好香。"

"可能是因为你喜欢我吧，我听说如果喜欢一个人，就会感觉到对方的体香。"

我原本只是随口说说，红树一听，就非常在意地问我有没有觉得他身上有香味。

可能这种说法是胡诌的，也可能我嗅觉不如他灵敏，我靠近他闻了闻，没闻到香味。

"没有欸。"

红树明显有一些失落。

"那我再闻仔细一点。"我抱住他，在他脸上、耳边、脖颈、胸膛处各种闻，有时觉得没有香味，有时候又觉得好像有些不同，当我想扒开他的领口准备继续深入闻的时候，他制止了我。

"干吗啊？再让我闻一下。"

"算了。"

我感觉他的语气有点奇怪，体温好像也莫名升高了一些。

"怎么了？"我问。

"没事，就是你突然这样，我有点……"

"有点什么？"我有点疑惑。

"……想吻你。"

我们在一起也有一段时间了，两人亲亲抱抱也是家常便饭，他这样吞吞吐吐反而让我莫名紧张。我瞬间面红耳赤，还好夜晚的光线昏暗看不太清楚，于是，我壮着胆子说："那你倒是来啊！"

红树的吻霸道向我袭来，不似以往那般温柔，这次的吻尤其粗暴热烈，还带着些许占有欲。

我沉溺在这份柔情蜜意里，享受着这美好的欢愉，直到我身子突然后仰……天哪，我被红树推倒在路旁一辆私家车的引擎盖上。

吻了一会儿，红树终于觉得有些不妥，将我拉了起来。

"对不起，我有点忘情，失控了……"他微微侧着头，似乎有些害羞。

♥ *13* ♥

"那个……要不然去酒店？"

"好啊。"红树眼里闪着光，和清亮的月色相映生辉。

我白了他一眼："想什么呢？我开玩笑的，谁会随身携带身份证啊！"

红树睁着大大的眼睛看着我，又长又密的睫毛忽闪着："我不干什么，想想也不行吗？"

我顿时不爽了："不干什么……你居然想着和我去开房，而且还不干什么！"

什么意思？是说我没有魅力吗？我居然傻兮兮地紧张起来，是不是我对他的吸引力不够啊？

红树假装嫌弃的样子："听起来少儿不宜啊。"

少儿不宜……竟然说我……拜托，我二十多岁了才第一次谈恋爱，什么都没经历过，怎么就"少儿不宜"了？

我干脆豁出去了："我就是那个'谁'。"

红树一头雾水："哪个谁？"

"我刚刚不是说了嘛，谁会随身携带身份证……"我指了指自己的包说，"我就是那个'谁'。"

红树懂了："所以你是说……"

"我必须解释一下，我不是特意带着身份证的，我自从大学毕业后，习惯性出门带钱包，钱包里放着各种证件、各种卡……"

"你干吗解释这么多啊，此地无银三百两。"

我看着他："你再说一遍试试。"

"我逗你玩的。"红树笑嘻嘻地拽着我的手，"是不是故意考验我？其实没必要的，喜欢是放肆，爱是克制嘛，我这么爱你，当然是不会……就算心里再怎么想，我也会努力控制自己的，你放心好了。"

"你给我打住，你知道我今年二十五岁吗？"我愤愤地说道。

"知道啊，比我大一岁，所以呢？"

"所以我一个早就过了婚龄的人，你还控制什么啊！"

红树愣了一秒，笑得像春光一样灿烂。

"那我可就不控制自己了哦……"红树一副色眯眯的样子靠近我，被我反手推到了一边。

"我的意思很明确，我不是未成年少女，我们也是正儿八经的男女朋友关系，所以你对我有什么想法不需要克制，大胆地表达或者行动起来。这样我就能随时知道我对你到底有多大的吸引力了……当然了，我也会随时拒绝你的，就算我是一个早就过了婚龄的女人，一样可以保持矜持的。"

"我懂了。"红树点点头。

"不错，孺子可教也。"

红树嘴角勾起一抹坏笑："本来我是能控制自己的，但你这么说，我就很难保证了。小姐姐，你确定不是在玩火吗？"

过了一会儿，我又听到他小声嘟囔："唉，什么时候可以娶小姐姐回家就好了。"

♥ *14* ♥

　　如果结婚可以让他如此开心，那么我希望这一天越早越好。

　　我的好友墨涵每次说起我和红树的婚礼，都是四个字——匪夷所思。婚礼当天，她作为伴娘，早已琢磨出了不少为难新郎的法子，谁知道碰上一个猪队友新娘。

　　"不许堵门啊！谁堵我跟谁急，等下我老公来了我要第一时间冲进他的怀抱，都一天没见到了我好想他啊。我家红树不喜欢玩那些无聊的游戏，唱歌、念保证书那一套统统不许，还有不要逼他单膝跪地求个婚才能抱走我。求什么婚啊，我就是特别、特别想嫁给他，不需要求的……"

　　墨涵的嘴角撇了撇，还是尽量保持了优雅："你是不是在逗我？什么都不许，是让伴娘当摆设吗？"

　　我嘿嘿一笑："这样你也不用那么辛苦，是不是？而且你今天有非常重要的任务啊！帮我拿箱子。"

　　"箱子？什么箱子啊？对了你的化妆师跑哪里去了？"

　　"化妆师弄妆发要好几个小时，得很早起床，我想多睡会儿就没叫她来。"

　　墨涵惊呆了："你……你这可是结婚啊！你少睡几个小时怎么了？"

"你知道我的，睡眠不足就会心情不美丽。红树说了，总不能结婚当天就让我心情不美丽吧，这可是我第一天当他老婆，一定要开开心心的，想多睡会儿就多睡会儿。"

墨涵摇摇头："我有时候真是服了你们两口子。"

"还好了，你看我自己化的妆，弄得头发不也是很好吗？半小时搞定，多方便。"我指了指墙角的箱子，"接亲这一套是汉服，我之后还有一套出门纱、主婚纱、敬酒服，以及搭配这些衣服的各种饰品，都放在这个箱子里了，你负责帮我保管，并且紧跟着我，中途换衣服和发型也是我自己来。"

墨涵无奈地点了点头："行吧。"

她显然已经放弃了，从来没见过这么任性的婚礼。我没敢告诉她，因为我和红树不想把结婚搞得跟表演一样，所以婚礼没有彩过排，只是大致了解了一下流程。

整场婚礼，从主持人到亲朋好友，都十分紧张，怕出什么差错，只有新郎新娘十分淡定。

大概我们是最"佛系"的新婚夫妻吧。

♥ 15 ♥

婚礼结束后，我发了一条朋友圈——刚认识红树的时候，他的朋友圈赫然写着：拥有我能看上的长相，又配得上我的思想，

这样的人，怎么会看上我呢？

本姑娘用事实证明，看得上！

配图是接亲前他表姐给他拍的一张照片，一身英伦风正装，手持鲜花，站在婚车前，歪着头，笑得一脸满足。

哈哈，不仅看上了他，还嫁给他，乐坏了吧。

♥ 16 ♥

我的职业是编剧，自由度比较高，除了需要跟组之外。编剧跟组能快速了解影视剧制作的整个过程，对写剧本有帮助。2016年那会入行还不久，所以我选择了跟组。

原计划是待一个月，半个月在北京，去导演那边方便开会；还有半个月在横店，根据拍摄情况随时调整剧本。

这次跟组时间久，路途远。红树原本想陪我，一方面不想和我分开，另一方面我孤身在外，他担心我的安全。但我觉得带家属进组不太合适，只让红树送我来导演这边就让他回去了。

剧组拍摄的是一个悬疑恐怖类电影，我只负责感情戏。

我们开会的地点在远郊的一间厂房里，没有窗户，潮湿阴暗，白天晚上都开着灯，特别阴森。会议室还算正常，其余地方不少灯是坏的，一闪一闪的，倒是十分契合剧本里恐怖的氛围。

最令我害怕的是去洗手间，因为途中摆设着各种让人毛骨悚然的布景、奇怪的道具。偏偏来开会的就我一个女孩儿，只能孤身前往。

红树知道我害怕，每次在我去厕所的那段路上和我语音聊天，帮我壮胆。

"马上就走到黑不溜秋的地方了，灯一闪一闪……"

"亮晶晶？"

"不亮啊……而且还有'嘶嘶嘶'的声音，听起来很瘆人的。"

"这灯应该是受了重伤，在发出求救信号，别怕，你又不是电工，它压根就不想搭理你。"

"噗……又要经过那个小门了，我跟你说你怎么想都想不到，门口居然放着一个兵马俑，我第一次不小心看到的时候，差点离开这个美丽的世界，还有那个……算了不说了……"

"真是可怜，一回生二回熟，这次就不怕了哈，要不我们一起唱歌，大河向东流啊天上的星星参北斗啊……什么妖魔鬼怪，什么美女画皮……"

在红树的帮助下，我总算是暂时克服了内心的恐惧。

♥ /7 ♥

编剧是一个很辛苦的职业，不少人都有颈椎病、脱发、精神衰弱、肥胖等问题。我每次和行业里的朋友聚会时，他们总是说

我又年轻、苗条、漂亮了。

其实我写剧本的时候也一样呕心沥血，没少通宵达旦。写到情绪崩溃时，还曾经拿拳头使劲砸自己脑袋，把红树都吓到了。可不写剧本的时候，我放空大脑，变得笑点特别低，整个人乐呵呵的，非常放松。

反正有红树在旁边，我只需要等吃等喝等玩就行了。

因为创作，我白天思维活跃，晚上入睡比较慢。于是，红树每天晚上都会讲一个小鸭子的故事哄我睡觉。

"那我们做一个设定。"

红树："什么设定？"

"每个故事的结尾都必须是小鸭子被做成了周黑鸭……"没错，来自湖北的我就是这么爱吃周黑鸭。

"……"

"从前，有一只小鸭子……它听说很多同伴都被做成了周黑鸭，它很害怕，想要逃避这样的命运，于是，一直逃，它逃啊逃，路上遇到了一大群鸭子……它们的粮食特别充足，一个个精神抖擞的。小鸭子决定和它们一起走，结果发现它们都是'进京赶烤'的。小鸭子吓坏了，开始模仿鸡叫，让大家以为它是误闯入的小鸡。小鸭子以为自己能顺利离开，却没想到被转手卖了，和一群小鸡关在一起……那群小鸡是准备做成黄金脆皮鸡的，可怜的小鸭子面临着被做成脆皮鸭的危险……"

"等等……"本来差点被哄睡着的我猛地睁眼，感觉错过了什么，"你刚刚讲了什么故事？脆皮鸭？？"

"……额，那盐水鸭也行，或者啤酒鸭……我本来很困的，现在突然有点饿了是怎么回事……"

于是……两人爬起来吃宵夜。

♥ *18* ♥

不知道是不是剧情写多了，我生活中竟然也开启了给自己加戏的技能。

四月的某一天，一个非常普通的日子，甚至连周末都不是。我悄悄在网上订了一个蛋糕，配送员送到家里的时候，红树以为我只是单纯突然想吃蛋糕了。

我轻轻地打开蛋糕，一边插生日蜡烛一边惨兮兮地自言自语："今天是我十七岁的生日，可是没有人记得，没有人关心我……"

红树愣了几秒，然后很快反应过来，给我戴上皇冠帽，点燃生日蜡烛，还认认真真地给我唱了《生日快乐歌》，然后两人开开心心地吃了小半个蛋糕。

结束后，红树看着我说："对不起，我不知道你一月份刚过了二十七岁生日，结果四月份还有一个十七岁生日，你下次有别的生日要过能不能提前给我打个招呼，你看你十七岁生日这么重

要的日子，我都没给你准备礼物……"

我忍不住哈哈大笑，笑着笑着眼睛里竟泛起了泪花。

他不是在给自己加戏，他只是想要呵护我的每一次任性。

不问缘由，只要我给了他这个设定，那这个设定无论是否真实，对他而言就是有意义的。明明是莫名其妙进入我设计的未知剧情里，他还在真诚地向我道歉，安慰那个"被人忘记生日的十七岁女孩儿"。

♥ *19* ♥

有一次，我写剧本遇到困难，情绪有些失控，将电脑扔到一边，赌气地说："不写了，不写了！以后你养我吧！"

红树说："行啊，我养你。"

以他现在的收入，确实足够养我，我见他回答得这么干脆，提醒道："不是养一两年，是要一直养，养到八十岁！"

这时他微微蹙起了眉头。

什么意思……难道嫌太久吗？

我正要作委屈状，就听到他说："我一直养你没问题啊，但是你不可以只活到八十岁，我养你养到一百岁怎么样？"

红树不是个会说漂亮话的人，所以我知道，他说这句话的时候，是百分之一百的真诚。

当然了，我也是自立自强的新时代女性，休整了几天后，很快就继续投入到了工作中。但是有个人会无条件的愿意养我一辈子，这种感觉，真的很美好。

♥ 20 ♥

也不知道从哪天起，我突然意识到，曾经那个单纯天真、不够成熟的少年，已经不知不觉中比我更懂得责任和担当，对我也更加爱护、包容了。

以前我说他幼稚，他也不反驳，只是温柔地看着我，目光坚定地说："我现在是幼稚，但我会长大变得成熟，我以后一定可以照顾你，保护你！"我当时笑了笑，不以为意，毕竟我和他在一起，图的是爱，并不是照顾和保护。

却没想到他一直在默默努力，并且真的做到了。

"其实，你不用这么拼命的，我可以等你慢慢长大。"我心疼地说，"我不想你太辛苦。"

"可是你是我老婆啊，不管你需不需要，我都要有照顾好你的能力，这样无论你什么时候想依靠我都可以放心地依靠。"

人们常说，人生如戏，好像的确如此。

我曾经以为那种大我几岁的男孩儿会比较适合我，却偏偏找了个比我小，还长得特显嫩的男孩儿……毕竟，爱情从来不是我

们可以掌控的，但爱情永远是最美最好的样子。

我做好了在生活上照顾他的心理准备，并甘之如饴，却稀里糊涂地被他当成女儿一样宠爱……其实我也是愿意多付出的，谁让他先下手为强了呢。

♥ 21 ♥

红树除了喜欢看漫画之外，还特别喜欢打游戏。

他以前各种游戏都喜欢玩，但现在只玩单机游戏了。因为他希望任何时候只要我叫他，他能立刻跑到我身旁，哪怕我只是一时兴起叫他过来陪我玩或者聊我感兴趣的某个话题。

竞技类游戏一旦离开就容易拖累队友，成为"猪队友"，他觉得这样不好，所以就放弃了。

我："我没关系的，你可以去玩游戏的。"

红树还是坚持："反正单机游戏我都玩不过来，不如多留点时间抱老婆。"

♥ 22 ♥

即使是二十四小时待在一起，红树还是一天 N 次说想我，也常常放下手头的事，过来抱抱我，亲亲我。

生活中难免会遇到一些不开心的琐事，又或是工作上遇到困难，只要我抱抱他，说喜欢他、爱他，他立刻就能被治愈，变得开心起来。

红树还喜欢抱着我睡觉，但是很遗憾，我这个人睡觉的时候喜欢自由的感觉，除了被子以外什么都觉得是束缚。有人抱着我或是我抱着抱枕都会睡不着，所以每次我都会拒绝他。

某天，一如往常。

"不抱不抱，抱着我，我睡不着。"

"那我就抱一会儿。"

"我困了，要睡觉了啊，明天再说。"

他一听，竟背过身去。

我有点奇怪，这种对话，早该习惯了吧，这闹的又是哪一出？

"喂，你干吗啊？"我推了推他。

"你不和我抱着睡，我生气了。"

我"扑哧"一声笑了出来："别演了，没有摄像机对着你。"

他突然转过身来抱住我："怎么没有？你就是我的摄像机。"

我："嗯？"

"因为我想让你一直看着我。"

噗……这是自创的土味情话吗？都结婚这么久了，才开始学撩妹。

爱有引力

红树不知道在哪儿看到什么"人造子宫生孩子"的新闻，跟我说了好几次要挣钱弄这个。我前两次没搭理他，第三次终于忍不住说："这种技术是那种实在生不了孩子的人，才会去考虑的事情，我们好好的要这玩意儿干吗？"

红树说生孩子太痛了，不舍得我受罪。

我弱弱地表示生孩子是女人的天性，也是作为妻子的责任，再怎么痛也得生啊。

然后红树用"你直男癌吧"的眼神看着我……

再后来，红树说："要不然我们不要孩子了吧，反正我这辈子只想宠你一个人。"

"可是，我挺喜欢小朋友的啊。"

红树想了想，说："那我得更加努力地工作挣钱！"

一段时间后，我也觉得两个人特别好，不想要孩子了。

红树："呵，女人。"

♥ 24 ♥

爷爷生前曾赠送红树一对金丝楠阴沉木手球，"楠"是我的本名，爷爷取的，赠送这个给红树，蕴含爷爷把我托付给他的意思。赠送我的是一个蓝水翡翠的吊坠，所以我又取了一个新笔名，蓝翡。

　　一来是为了纪念爷爷；二来蓝翡是一种鸟的名称，据说蓝翡翠鸟喜河流两岸、河口，以及红树林，呼应一下我喜欢红树。而且一只蓝色的鸟儿栖息在红色的树上，还确有几分意境。

　　不过红树平时很少叫我的本名或者笔名，大多时候叫我小姐姐，以及各种他给我取的专属昵称。

♥　　25　　♥

　　我们的婚后生活，很平淡，却也温馨。

　　晚上赶稿的习惯让我变成了夜猫子，所以一般上午十点半左右才会醒来。睁开眼第一件事就是看一眼床头柜，看我的手机还在不在那里。

　　自从有一次，大清早被快递小哥的电话吵醒，抱怨了几句后，红树晚上会帮我查看有没有即将派件的订单。如果有，第二天早上起床后会帮我把手机拿到客厅，帮我接听电话以及收快递。

　　我俩的手机都录了彼此的指纹，很方便，红树的各种密码我也都知悉。当然，我的密码也告诉他了，只是他没记住，他说脑子里放太多东西不好，要定期清理，才能保证运转速度。

　　我有些不开心，问："那什么事情是绝对不会被清理掉的呢？"

他说："除了密码以外，你的一切。"

我："……"

红树取回的快递会放在茶几上，他不会拆开，他知道我享受拆快递的喜悦。有时候还会趁我在拆快递，放下画到一半的分镜，从吊椅上跳下来，偷偷给我一个早安吻。

等我洗漱完毕后，红树端来一早就准备好的早餐，然后开始新的一天。

♥ 26 ♥

我想起刚开始一块生活的场景。

那天，清晨的阳光透过窗帘柔和地洒进卧室，我还沉浸在香甜的睡梦中，感觉有人在亲我的脸颊。我睁开眼，看到红树趴在我旁边，清澈的眼神中带着一丝期盼。

"我饿了，我要吃早餐！"他表情呆萌，声音还有点软糯，我顿时战胜了瞌睡虫，爬起来给红树做了早餐。其实只是随意翻炒煮熟而已。

做饭？对于我来说，无异于赶鸭子上架。

然而红树却很捧场，大口大口吃得很欢，两个腮帮子鼓鼓的，虽然是二十多岁的人，但是长相显小，一股子少年气。吃饭那副凶猛劲儿，俨然一副青春期长身体的模样。

"真好吃！你做的东西太好吃了！"红树一边吃着一边真诚地夸赞我。

　　我权当他是饿傻了。

　　后来我才知道，他是真心觉得我做的饭好吃。我觉得很神奇，因为他对食物其实很挑剔，而且他从来不对我说谎。

　　再后来，我早上想多睡一会儿，他就开始自己琢磨着做些简单的早餐，如果觉得味道不错就等我起床了给我做，不太好吃的话，他就会去外面给我买。

　　午餐和晚餐有时候我会下厨，红树都表现得很雀跃，反复强调我做得最好吃，厨艺非常棒。

　　我哭笑不得，只能接受这谬赞了。

　　有一次去他父母家过中秋节，婆婆问我饭菜合不合胃口，我说挺好吃的，厨艺比我强太多。

　　红树马上说："才不是，你做的饭很好吃！"

　　我赶紧扯了点别的事情转移话题，然后用手机给红树发消息："别乱说话啊！"

　　公公大概是注意到我在玩手机，想调节下气氛，问我们："我最近看到那个微信表情有那个'么么哒'，'么么哒'是什么意思啊？你们年轻人应该知道吧。"

　　这样的尬聊让人始料不及，我正想着用什么措辞来解释这个

"么么哒"比较贴切，猝不及防的，红树扑上来捧着我的脸，连亲了好几下。

"这就是'么么哒'。"他淡淡地说了这么一句，然后跟没事人似的，继续吃着饭菜。

我："……"我真服了。

♥ 27 ♥

他永远是这个样子，以至于我不知道什么时候、什么场合会突然被亲。我提醒过他，要注意场合。他其实是很听我话的，唯独这件事上，他很坚持。

"我就是想亲你，我才不理会别人的目光呢！"他说着，突然委屈地看着我，"难道是你不喜欢和我亲亲吗？"

我："……"

他继续引诱，挪了挪位置凑近我，拽着我的胳膊："小姐姐，我想跟你商量一下……你喜欢我亲你，好不好？"

我顿时沦陷。

我看他这副模样，脑子里冒出一个词。

"小……奶狗？"我没忍住说了出来。

"狗？"红树疑惑地看了我一眼，然后纠正道，"我是人类。"

"干吗装不懂？你知道我是想说你很软萌很忠诚，就像宠物小奶狗那样。"

红树一脸傲娇："宠物会给你洗碗拖地吗？宠物能和你讨论剧情吗？宠物能给你买菜……"

我当然也会反击的，趁他不注意，一个生扑把他压在床上。

"这么软萌好推倒，还说不是小奶狗。"我趴在他身上一脸得意，然后起身把他拽起来，又扑倒，又拽起来，又扑倒……乐此不疲。

红树有些无奈："你应该知道我是故意让你推倒的吧？"

"我才不信呢！"我撸起袖子亮了亮胳膊上的肌肉，"我可是很强的！"

"只是想让你开心一下。"说话间，红树用力一个翻身，我瞬间被他反压住，两只手腕被他拽住抵在床上，怎么挣扎都纹丝不动。

果然……力量悬殊啊。

第二章

我喜欢你，
漫山遍野的那种喜欢

♥ *01* ♥

都说男人结了婚就会变，这话不假。

比如红树，结婚前他会说，过来抱抱我，而结婚后……

红树："过来。"

我："干吗啊？"

红树脸上挂着一丝不明的微笑，非常直白："让我吃吃豆腐。"

我："我不……"虽然拒绝得非常明显但还是被拽了过去。

红树站在那儿使劲儿搓手。

我："你这是做什么？"

红树："天气冷了，怕伸到你衣服里会凉到你。"

……我还能说什么，真是个温情的流氓？

♥ *02* ♥

我有次想从红树身上找点素材，非常正经地问他："红树，你一般喜欢幻想什么？"

红树："亲你。"

我："这不是生活中经常发生的事吗？幻想应该是那种没有发生过的事情吧。"

红树："在宇宙飞船里亲你。"

我："……"

♥　03　♥

我："红树，你觉不觉得我其实是个很霸气的人？"

红树思索了片刻："这个，分情况。"

我有些生气："你只需要说是或者不是。"

红树："窝里横的时候是挺霸气的，可在外面就像个小学生。"

我横眉叉腰："我给你一个机会，收回这句话。"

红树抬眼看我，似有不屑之意。

我："友情提示，现在就是在窝里。"

红树立马投降："女侠饶命！"

♥　04　♥

我："你说会不会有一天，你不爱我了。"

红树认真想了想："可能会有那么一天吧。"

我伤心又好奇："那如果到了那一天，你会做什么？"

红树两手一摊："一个死人还能干什么？等着被火化呗。"

　　我：“今天既不逢年过节，也没有什么喜从天降。但是我掐指一算，今天是个好日子，我想收礼物，红树，快送我礼物！”

　　红树：“好啊，你想要什么？”

　　我：“自己说要什么多没意思，一点惊喜都没有，你想想我最喜欢什么！”

　　红树琢磨了一会儿：“我叫红树，请笑纳。”

　　我：“哦……你这是要把自己当作礼物送给我吗？醒醒！你不是最讨厌物化人类吗！！”

　　红树：“对啊，可你最喜欢的必须、只能是我啊！”

　　一阵感动之后……

　　我：“等等，好像有什么不对……你本来就是我的人啊！”

　　红树立马拿起我的手机，打开淘宝，准备在我购物车里挑一个送我。

　　我凑过去，一脸好奇宝宝的样子：“你想给我买什么啊？这个算了，我都拔草了，这个啊……不建议你给我买……”

　　红树有些好笑：“要不你自己选一个买，反正我大部分的钱都给你了。”

　　我：“那有什么意思，一点惊喜都没有。”

红树无奈，继续翻看购物车。

我好奇地盯着他手中的动作："这个呀，我也不是很推荐你送给我……现在的天气用不上，你可以再多看看……"

红树非常耐心："那你到底要什么呢？"

我："你送礼物当然你自己决定啊！"

红树："……你们女人都这么别扭的吗？"

我（管他呢，重重地点头就对了）："嗯！"

♥ 06 ♥

我："红树，红树，你最喜欢做的事情是什么？"

红树："喜欢你啊。"

我："不是问你最喜欢的人，是问你最喜欢做的事。"

红树："最喜欢做的事就是喜欢你啊。"

我："好吧……那除了这个之外呢？"

红树："被你喜欢。"

我："也除外。"

红树："那就多了，刷剧追番打游戏，这些都是我的命。"

我有些吃醋："这些是命……那我呢？"

红树："你比我的命重要。"

我："说不上来什么原因，突然感觉一阵烦躁，所以红树同学，我可以骂你几句发泄一下吗？"

红树："我做错什么了吗？"

我："没有。"

红树："那就不可以，你骂我，我会伤心的。"

我："那打你几下呢？可以吗？"

红树："最好不要，我会痛，而且也会伤心的。"

我："这样子哦……那请问我能干什么？"

红树："你可以抱我，亲我，说喜欢我！"

我："抱歉我现在正烦着呢，所以没兴致做这些。"

红树："哦，那你可以等一下。"

我："等什么？"

红树："等有兴致。"

我写稿子写得有点头疼，喊红树："过来帮我做个头部按摩。"

我经常让他帮我按，效果很不错。

红树放下手头上的事来到我身边："我是二百五十号技师，

很高兴为您服务。"

我忍着没笑，心想就陪他演一出。

红树问："力度还可以吗？"

我也挺入戏："挺好的，小伙子不错啊，在这儿工作一个月工资有多少呢？"

红树："没有。"

我："嗯？为什么？"

红树："老板娘不发。"

我："太过分了吧，老板娘人呢？"

红树："我这不正按着呢。"

♥ 09 ♥

我："你之前不是说和我的友情已经走到尽头了吗？"

红树："是啊。"

我："那怎么后来又和我玩耍了？"

红树："还不是因为你日日跪地求饶，号啕大哭，还跑到墙角倒立……"

我："我什么时候跪地求饶号啕大哭了，而且我也不会倒立！"

红树："我不管，反正在我的滤镜里就是这样的。"

我："……"

某朋友："你们在家里办公啊？"

我："嗯。"

某朋友："会不会比较无聊呢？"

我："还好，我们会工作一会儿玩一会儿，一般玩些小游戏什么的。"

某朋友："玩什么游戏呢？"

我："最近的话，玩开小火车，具体就是……"

某朋友脸色微变："好了我知道了，少儿不宜的就别讲了。"

我："不、不，不要误会，我真的不是这个意思！"

开小火车游戏现场如下：

我站在前面，红树在我身后，他两只手抓着我背后的衣服。

我："呜呜呜——小火车开动了。"

我一边说一边往前走，红树跟着我走。

我走两步停下："客厅站到了，请要下车的乘客下车。"

红树："我不下。"

我继续走两步停下："厨房站到了，请要下车的乘客下车。"

有时候是红树在前面开车，我扮演乘客。

就是这样一个游戏，我们的玩的次数很多。

有一天我问红树，咱家的小火车就两节车厢，是不是太少了？

红树："不能再多了。"

我："为什么？"

红树语重心长："那么多小傻子不太好……"

玩这种小游戏，虽然幼稚，却也温馨。

在我看来，只有足够的亲密和信任，才能让成年人表现出这般孩子气。

♥ *11* ♥

我："刚才编辑跟我讨论剧本的时候叫我太太，太太……什么意思？"

红树："就是比大大还要厉害一点点。"

我："那你以后也叫我太太吧。"

红树看了我一眼。

我："好了，我知道我没那么厉害行了吧！哼！"

红树："你确实是我太太。"

我："……哦，也对哦。"

♥ *12* ♥

我："我体内的勤奋小人快被懒惰小人打死了，怎么办？"

红树："加油，坚持住。"

我握拳热血状："我不可以再这样下去了！"

红树："嗯，希望你这一次是真的。"

我："每一次都是真的！但是这一次！最真！24K纯真！"

红树似乎不是很相信的样子，表情略显敷衍。

于是，我第N次宣誓。

我："我跟你说从今天开始……"

红树："等下，我录个音……OK，开始吧。"

我："你呢，总是没有原则地惯着我，把我都惯废了，你要付出代价！"

红树："什么代价？"

我："就是你要督促我成为一个勤劳的人（向上挥拳）！努力的人（又一次向上挥拳）！！从今天开始，我每天上午写稿四个小时！下午写稿四个小时！晚上锻炼两个小时！做不到就不准吃饭，还要罚站、做家务。你，一定不能心软！否则我就跟你生气，闹别扭！听到了没有！"

红树一边保存录音一边回答我："行，这可是你自己说的。"

此次宣誓带来的激情维持了两天，第三天——

我："天气真好啊，我的新汉服到了，我要出去玩！"

红树："写稿子。"

我："就玩一下下，好不好嘛。"

红树："写稿子。"

我一副不高兴的模样："你变了，都不惯着我了。"

红树："……"

转身去拿手机，很快，屋里弥漫着我的声音。"你呢，总是没有原则地惯着我……"

放到"勤劳的人""努力的人"这里的时候，他还学我的样子向上挥拳，真是把我气到不行。

红树："你都说了我不能心软，否则跟我生气闹别扭，所以我是绝对不会心软的。"

我："我……"

红树："赶紧写稿子，写完了还要去锻炼身体。"

我："我就是随便那么一说，大家都是同行，你还不知道写稿子需要状态、需要灵感吗？我勤奋起来一天写十二个小时也是有的啊！"

红树："说得有道理，但最少再坚持一天吧。"

我不愿意，装作闹别扭的样子，跑到墙角蹲着。

红树也迅速跑过来蹲在我旁边。

红树一脸天真无邪："你也是小蘑菇吗？"

我瞬间笑喷。

过了一段时间，和红树发生口角，红树也学我的样子，跑到墙角蹲蘑菇。

我一看机会来了，特别开心地跑过去蹲在他旁边。

我模仿他的语气："你也是小蘑菇吗？"

红树一脸傲娇："我不是！"

我："……"

♥ *13* ♥

关于昵称。

刚开始，红树叫我"小姐姐"。

然后昵称变成了"小小"。

过了一段时间，变成英文版，little。

再然后，省略了前部分"li"，昵成了"ttle ttle"。

听起来就像是"拖拖"。

红树："可爱的 ttle ttle 啊……"

我："我以后拖稿就怪你！"

红树瞬间投降："我错了女王大人！"

♥ *14* ♥

红树新买了一堆游戏，非常雀跃。

红树："啊，好想玩，可是我还要画分镜……"

爱有引力

我："你就先工作，把游戏作为完成工作的奖励，你想啊，游戏那么诱人，一定能激励你快点画！"

红树猛点头："嗯，有道理，真的很诱人！"

我："是嘛？到底有多诱人啊？"

红树："你最诱人，它们排第二。"

♥ *15* ♥

我："红树，你这么努力工作是为了什么呢？"

红树："为了挣钱给我们花啊！"

我："真不会说话，如果你说为了挣钱给我花，不就更好听了吗？"

红树："那不行。"

我："为什么？"

红树："因为我和你是夫妻，是一体的，任何时候都不要单拎出来，懂了吗？"

我："懂了。"

♥ *16* ♥

早上醒来，红树听到动静来到床边。

红树："你好可爱啊！"

我皱眉，有些不相信："……我头发乱糟糟的，脸也没洗。"

红树："我是说你可爱，又不是没洗脸可爱。"

我："行吧……"

♥ 17 ♥

我："红树，我想吃梨。"

红树："要我帮你削皮吗？"

我："不用啊，平时都是我帮你削好吧。我今天主要是想吃但是又吃不完一个，跟你分着吃怎么样？"

红树态度非常坚决："不行！"

我："什么'分梨就要分离'是瞎掰的，别迷信好吗？"

红树："我不管，就是不行，你要么都吃了，要么吃不完就扔了。"

我："浪费食物可是很可耻的！"

红树："那我帮你扔，要可耻也是我可耻。"

♥ 18 ♥

某天，脸上突然长了很多痘痘，我站在镜子前有些崩溃。

我跑过去问红树："红树，我脸上长了好多痘痘，你会不会介意啊？"

红树："不介意。"

红树可能在写稿，声音有点小，我没听清，便走到他面前。

我："问你呢，我要是长一脸痘，你介意吗？"

红树："不介意。"

对这个回答我还比较满意，摆摆手示意他接着忙他的就行，结果红树好奇地看了看我脸上的痘痘。

红树："居然能长这么大，真是厉害！"

我瞬间黑脸："你才厉害！你全家都厉害！"

红树："我全家就你最厉害。"

我扭头不理他。

红树给我拿了面膜，然后摸摸我的头。

红树："乖了，不想长痘痘就少吃点上火、辛辣的。"

我："我就是想吃！"

红树："那也行，我是不介意你长痘痘的，你只要能过自己那一关就好。"

我："我过不了，我嫌弃！"

红树："那就最好别吃上火、辛辣的食物。"

我："我就是想吃！"

如此陷入死循环……

这其实也并不是一段毫无意义的对白。

我也想控制自己，不吃辣的、少吃上火的。但是我自制力太差，所以就想问一下红树，如果他说介意的话，我肯定能狠下心来不吃的，结果……

哎，徒劳无功。

♥ 19 ♥

我："红树，你没事总说'喜欢我、爱我'，说那么多次你不腻吗？"

红树："有什么好腻的？那我还天天吃饭呢。"

我："吃饭是本能。"

红树："爱你也是啊。"

我："……又来了，能不能换点别的说辞？爱来爱去的太直白了。"

红树一脸认真地说："直白点有什么不好？我就是很直白地爱你啊。"

♥ 20 ♥

我："爱一个人，嘴上说起来容易，其实做起来很累的。"

红树在看小说，合上书后，他看向我："何出此言？"

我："你想啊，爱情不是嘴上说一说就可以的，你爱一个人得照顾他、关心他、呵护他，这些都是要落到实处的，其实是件很辛苦的事情。"

红树："你站在那儿别动……"

那时候正流行"你站在那儿别动，我去给你买几个橘子"的梗，我咬着牙准备揍他。

结果听到他说："……等我来爱你。"

我："什么？"

红树："你不是说爱一个人太累了吗？我舍不得你累着了，所以你好好休息吧，等我爱你就行了。"

我："可我也得爱你啊！"

红树："没事，我这段时间也多爱自己一点，把你那份补上。"

这也能补？什么奇怪的脑回路……

我："拉倒吧，爱你这事儿我还是想亲力亲为。"

♥ 21 ♥

我："你是从什么时候开始喜欢我的？"

红树："我也说不清楚，我从一开始就觉得你是一个很好很好的女孩儿，不过你的性格大大咧咧的，就拿你当兄弟了，那会儿真是一点邪念都没有，直到有一天你穿了汉服……"

我："我穿别的衣服不好看呗？"

红树："不是啊，就是穿汉服的时候很惊艳。"

我："竟然是见色起意，你好肤浅。"

红树："……喜欢美怎么肤浅了？更何况我一直爱的是你的灵魂啊，你之前还跟我闹来着，非说我只喜欢你的内在，你忘了？"

我："哎呀，那些旧事就别提了，我再问你啊，你到底喜欢我身上什么内在特质啊？"

红树："是这样的，以前呢，我觉得你是一个包容心很强，很乐观善良的女孩儿，我特别喜欢。但是后来吧，你因为你哥的事变得很暴躁……然后我发现，我还是很喜欢你，感觉暴脾气也很不错啊。所以细究起来，我真不知道我到底喜欢你什么特质。"

我："别说了我懂了，你的意思就是，你不是因为我拥有什么特质而喜欢我，而是因为喜欢我才喜欢我身上的特质呗，我乐观善良的时候你就喜欢乐观善良的，我暴脾气的时候你就喜欢暴脾气的……啊啊啊，好'苏'啊！"

我："欸，你平时经常听我说'好苏'，你知道我说的'苏'是什么意思吗？"

红树："不知道啊。"

我："那你为什么不问我呢？"

红树："我没兴趣啊。"

我："……那你听我在那儿说'好苏好苏'的时候，是什么感觉？"

红树："觉得你像个小傻瓜呗。"

我黑下脸："闲聊结束，写稿子了，再见！"

♥ 22 ♥

有时候写稿子写到灵感枯竭，需要做点别的事来换换思路。这时，我会拉着红树玩经典桌面牌类游戏，俗称"打扑克"。（不玩钱或者东西，输赢只事关一丢丢尊严，非常健康。）

我向来好运，玩扑克牌总能抓到好牌，所以赢的次数多。

有一天，红树时来运转，玩三把，输一赢二。

新的一把，两人抓完牌。

我："哼！要不是我缺张 4，我告诉你啊……"

我的话还没说完，红树就将一张 4 丢在我面前。

我："呵，挺上道嘛，你缺什么？"

红树："随便丢一张你不要的牌给我就行了。"

我："切。"

红树忍不住嘚瑟："反正我现在已经二比一了！"

我："什么？！你已经二逼了！"

红树："……"

我拿起这张 4，然后理好牌，感觉很不错。

我："这才是我平时牌面的画风嘛，哈哈哈，我要崛起了！"

红树："你撅起来是要干吗？"

我："……"

战斗一触即发，两人一通乱炸，尤其是我，把所有炸弹全用光了。

红树："一定要这么狠的吗？"

我："哼，宁为瓦碎……"

本来想说"宁为玉碎，不为瓦全"的，结果说得太快一下说错了，当时场面一度尴尬，毕竟我是中文系出身，又是个以写稿为生的人，怎么能承认自己说错了话呢？还好我脑子转得快，瞬间就淡定下来……

我脸上挂着自以为很机智的表情："宁为瓦碎，不为树全！"

红树："玩个扑克牌你至于吗？"

♥ 23 ♥

又是一次玩扑克牌。

红树："三张 Q。"

丢出三张 Q 之后，他又准备出牌，我急忙阻止。

我："干吗呀？三张 Q 我要！"

红树朝我眨巴了一下眼睛："你不要。"

虽然很萌，但现在也不是讲感情的时候。

我凑到红树面前做凶狠状："不许耍赖！"

结果他顺势亲我一口。

我："你干吗亲我！"

他什么都没说，又亲了我一口。

我："你干吗又亲我！"

红树跟我打商量："我用一张 10 和你换一张 K 怎么样？"

原来是出卖色相，我偏不上当："我不换！"

红树："你就不能偶尔出卖一下你的灵魂吗？"

我："嗯？"

♥　24　♥

红树写稿写到一半，突然伸出"尔康手"。

我："你干吗？"

红树语气很中二："温水招来！"

这个懒鬼，我把桌上的水给他递过去。

我："就不能自己拿吗？天天招来招来的，你怎么那么厉害呢！"

红树一脸得意地接过水："我能真招来才是厉害。"

想打人，我忍！

红树喝了水，把水杯递给我，我习惯性地接过放回桌上。

只见他更加得意了："我不仅能招来，还能招回去。"

我……我一忍再忍！

25

有段时间，某短视频平台流行拍给男友扎小辫。

红树一来不愿意被扎小辫，二来不喜欢被拍视频，但是架不住我想拍，便同意了。

视频上传之后，当天就有一万多个赞。

我："红树！我平时发自己的视频才几个赞，发了拍你的这个视频一万多个赞，而且评论里各种夸你萌、可爱、好看呢。"

红树一脸平淡："哦……"

我疑惑地问："被夸难道不开心吗？"

红树："有什么好开心的？又不是你夸我。"

我："我也觉得你好看啊。"

红树瞬间眉眼弯弯，笑得像个孩子："嘿嘿嘿，小小夸我。"

晚上睡觉互道晚安之后，突然有朋友找我聊天。

聊完后，我放下手机。

我："红树，我朋友说羡慕我嫁给了爱情……"

本来应该是个很温馨的话题，但是红树处于那种要睡着又还没睡着的状态，有点迷迷糊糊的。

红树："嗯？你不是嫁给我了吗？"

我："……嫁给你就是嫁给爱情了啊，一个意思嘛。"

红树："嗯……是嫁给我就好……爱你……"

说完便又放心地继续睡觉。

♥　27　♥

红树去公司开会，结束后给在家的我发消息。

红树："完事了，他们要一起去吃饭，我不去，准备回家了。"

我："去啊，干吗不去啊？你这样会不会显得不合群呢？本来你们同事也只有开会才能见见面，多聚一聚嘛。"

红树："我不！我要回家抱老婆！"

♥　28　♥

红树坚持要回家和我一起吃饭，路程虽然不远，但他进食时间很规律。

每次过了饭点还没回来，我会给他发消息："你怎么样啊？有没有饿坏了？要是很饿就买点小吃先垫一垫。"

红树："还好，今天太阳大，我可以试试光合作用。"

我瞬间笑喷，还真把自己当棵树啊！

我故意逗他："红树啊，你这棵铁树，什么时候开花呀？"

红树："已经开过了。"

我："嗯？什么时候？开在哪儿了？"

红树："谁知道呢？可能在你心尖上吧，你自己查看一下。"

♥ 29 ♥

我好友墨涵的老公廉先生，和红树一样，都喜欢吃一款老北京小吃，仙豆糕。

有一次我和墨涵单独约饭。

见面后，墨涵就说这附近有家栗记仙豆糕，吃完饭她要去买点给她老公吃。

我说那正好，我也想给红树买。

那是一个冬天，风很大，我们吃完饭后出了商场，在寒风中寻找仙豆糕的店面。

两人都是路痴，导航也看不太明白，在外面晃悠了半个多小时没找到，都冻得不行。还好网上能搜到店家的电话，我俩打了

两次电话问路，才终于找到那个店面。

老板是个三十多岁的男人，一边打包一边取笑我们是两个小吃货。

我说你误会了，我们是买给我们老公吃的。

老板很诧异，说不会吧，这个小吃一般都是女孩子喜欢吃，我就是因为我老婆喜欢吃才开的这家店。说话间，眉眼间荡漾着幸福的神色。

就是这样，非常普通的一件小事。不甜，也说不上搞笑有趣，但令我记忆深刻。

我觉得这件事最妙的一个点在于，寒冬腊月，寒风凛冽中，两个冻得鼻头红红的姑娘，一个不辞辛劳的老板，他们所做的这一切，都不是为了自己。

我，墨涵，还有那位老板，我们都只是俗世里普通的某某。

我们也都在爱着和被爱着。

❤ 30 ❤

红树入职的公司，不用坐班。老板也很佛系，不需要去公司打卡，也不是类似"钉钉"这种软件打卡，而是在公司的微信群里，发送"打卡"两个字。

我感觉很好玩："这种打卡并没有任何约束力吧，所以你们要的只是一种仪式感是吗？"

"我觉得这种方式很好。"红树一脸正经地说，"打卡很重要，但是让我们方便更重要。"

"那你也每天给我打个卡，让我也感受一下当老板的感觉。"

红树思索了一会儿，笑道："行，以后每天都要亲亲打卡。"

"亲亲打卡？"我一头雾水。

"对，每天要打卡十次，亲一次就算完成一次打卡，所以每天必须亲十次以上，如果到晚上睡觉的时候没有完成打卡，就睡前一次性补齐。"

……亏他想得出来，服了。

第三章

初见时风尘仆仆，
只道是寻常

❤ *01* ❤

我和红树，一见未钟情，若说是日久生情，也并不恰当。

我想，那或许可以称作是命运的安排吧。

2015 年春节期间，我和家人说，要去北京，想当编剧。

这简简单单的一句话，在家里引起了轩然大波。除了堂姐，没有人支持我。

父母都是地地道道的农民，在他们认识甚至是听说的人里面，都没有从事过这方面工作的人。更何况，在北京举目无亲，甚至连个相熟的朋友或者同学都没有。

我跟他们解释说，这一年来，我都在兼职给电视台写栏目剧的剧本，成为编剧是我的理想，并非临时起意。更何况，我已经在网上联系了一家公司，到了北京直接过去找他们就行。

我对理想非常执拗，爸爸无奈地叹了一口气，回房间了。妈妈拉着我的手，试探性地问，既然在家也能做编剧，为什么非要去北京呢？是不是因为催我结婚、给我介绍相亲对象让我不高兴了？

我摇了摇头，说不是。

父母着急儿女婚姻大事我能理解，同时，我也希望他们能够理解我的梦想。

我还年轻，想去大城市看一看。

其实刚毕业的时候，我动过想去北京的念头。但那时候，疼爱我的奶奶握着我的手，泪眼婆娑地说："你要是去那么远的地方，等哪天我走了，你能赶得回来见我最后一面吗？"

我忍不住鼻子酸酸，哽咽着说："我不去了，就在家找工作。"

三年后奶奶走了，我哭得稀里哗啦，悲伤过后，才重拾曾经的念头。

和家里人摊牌之后，我订了机票。妈妈也知道我的性子，没再多说什么，只是叮嘱我在外要注意安全，要吃饱穿暖。

三月十七日这天，我一个人拉着行李箱，来到了天河机场。

心情并没有想象中的雀跃，尤其是看到候机厅里都是家人、情侣，而我却是孤身一人，不由得有几分伤感。

其实，爸妈担忧的那些，我心里又何曾没有想过。

我到北京，会遇到什么样的人，碰到什么样的事，心里完全没底。

这一天，赶上雷雨天气，飞机晚点。

整整晚了五个小时，飞机抵达首都机场的时候，已经是第二天的凌晨三点了。我又困又累，拖着疲倦的身体去排队打车。

伴着晨曦，我来到了那家公司，负责人告诉我的地址，是一个略老旧的小区。

地点很偏僻，六环边上，但即使如此，北京的快节奏也能窥见一二。才早上五点多，公交车上就坐满了人。行人步履匆匆，我都不好意思上前向他们问路。

到目的地时，我给公司负责人打电话，说到这个小区了，但是找不到具体的楼栋，问他能不能出来接我一下。

他应该是被我的电话吵醒的，能清楚感觉到他的困倦。这倒让我一下安了心，不管公司靠不靠谱，起码不是骗子或者坏人。

负责人很快就过来了，一个三十多岁的男人，意外是个光头。路上和我大致讲了一下基本情况，我了解到这是一个新注册的创业公司，办公地址就暂定在这个小区的一套住宅里。而来接我的这个人，是公司的股东兼总经理。

我问："之前是说提供住宿的对吧？"

"嗯，近期会在这个小区再租两套房子，一套做男生宿舍，一套做女生宿舍。"他说，"这段时间就在公司住一阵子。"

我跟着他上了楼，一推门就看到客厅摆满了办公桌椅，看起来很整洁。还有三间屋子，临时充当宿舍。他告诉我，我提前邮寄过来的生活用品都帮忙签收了，就放在那间大点的屋里，让我暂时住那儿。

我收拾了一下，铺好床，然后坐下来休息。心里却在不停地打鼓：这里真的比我想象中的还要简陋，怎么看都不像正规公司，是不是得赶紧投简历找新的工作啊。

大概过了一两个小时，听到隔壁厨房里有动静，便走出去看。

原来是总经理和另一个男孩儿在做饭。男孩儿个子不高，单眼皮，一副稚气未脱的模样。见我出来了，招呼我说饭菜快好了，并自我介绍说是公司的第一个员工，叫双月。

一口地道的北京话，一问，果然是土生土长的北京人。貌似不太爱读书，高中就辍学了。

"公司就我们三个人吗？"我好奇地问。

"还有一个主编，一会儿就过来了。"总经理略微腼腆地说，"是我女朋友。"

原来是情侣档创业，我笑着点点头，这种感觉还蛮好的。

"员工一直在招聘中。"他一边把盛好的饭递给我，跟拉家常似的，"哦，对了，还有个辽宁的男孩儿，下午过来。"

我伸手接过饭，和他一样很平淡。

因为那时候的我并不知道，他口中这个来自辽宁的男孩儿，就是我这辈子最爱的那个人。

♥ 02 ♥

一起吃完饭，主编走过场似的完成面试。然后体贴地说："这么远过来辛苦了，明天正式上班，休息一下，顺便整理一下自己。"

的确，我舟车劳顿又一宿没睡，已经能想象到自己的黑眼圈有多重，头发有多油腻了，干燥的空气更是让我脸和嘴唇各种爆皮。而且北京比湖北的气温低很多，也顾不上搭配，下飞机胡乱找了件衣服就套上了。

本来就长得一般，再加上以上种种，整个人连镜子都不敢照。但又不能去补觉，否则晚上会失眠，便随便找了个工位坐下，扎了个道姑发型在网上看加湿器。

红树就是那时候来的。

他说他和双月是漫画群的群友，双月邀他过来做漫画编剧。

漫画从业者，没接触过，不过还蛮感兴趣的。另外，编剧也算和我是同行，就更加感兴趣了。

好奇地看过去，一个看起来很清瘦的男孩儿，头发蓬乱，皮肤白净，站立时微微驼着背……我脑海里立刻冒出了《死亡笔记》里的L。

那时候的我没有看过任何漫画，这里说的《死亡笔记》是真人版电影。我大学时无意间看了这部电影后，喜欢上L这个角色。

当然了，我喜欢的是松山健一饰演的L这个角色，而不是现实生活中和这个角色形象相似的人。更何况，L的魅力主要体现在内在上。所以，除了感叹了一句"漫画少年果然不一样"以外，我的内心并没有任何波澜。

而且这位红树同学，头发挺长的，又微微垂着脑袋，我几乎连他长什么样子都没看清楚。

红树的话不多，但是他说的每一句话都十分有趣。只是时间太久远，我已经记不清他当时说的具体内容。

爱有引力

只记得红树决定留下，选了我旁边的工位当办公桌，我俩从此成为"同桌"。

我主动和他打招呼："好巧啊，我也是今天来北京。"

"不巧。"他说，"我昨天就过来了，在同学家住了一晚。"

我笑着说："那就是好巧没错了，我也是昨天的票，只是被滞留在机场了。"

这时主编过来让我们填一下合同。

我写字快，很快就填完了，红树还在填。我凑过去看了一眼，他写的字很稚嫩，歪歪扭扭的。

"好巧啊，和我一样姓吴！"我惊讶地说。

红树大概觉得我有点咋呼，身子下意识地往旁边挪了挪，什么都没说，倒是主编姐姐接了我的话茬儿。

"都是姓吴的不能通婚哦。"她一边收起我填的合同一边说。

同姓之间不能通婚吗？没有这种说法吧？感觉娱乐圈里同姓结婚的就不少，等下……好像真没有听说过姓吴的同姓明星结婚，难道有什么特别的说法吗？

我瞎琢磨了片刻，便将这事儿抛诸脑后，心想管他呢，我又不是要和这个人结婚，想这些干吗呢？

但自从知道红树和我一个姓氏后，我看他莫名亲切了几分，总觉得他就像我弟弟一样，我要多照顾他。

双月买了一些梨，红树洗了一个，准备削皮，那笨拙的拿刀姿势看得我心惊肉跳，生怕他削到手。

"我给你削吧！"我说。

"好啊。"他有点吃惊，笑着把刀和梨递给了我。

他笑起来的瞬间，纯真得像个孩子，和平日里阴郁的气质截然不同。说起来，这些感觉也和《死亡笔记》里的 L 挺像的。

帮他这么一点小事，竟然让他如此开心。我猜想他可能是一个缺乏家庭关爱的男孩儿，不禁有一丝心疼。

不过也难怪，他看起来那么清冷，话不多，有时候抱怨起来还很毒舌，拒他人于千里之外，又有多少人会主动对他表达善意和关爱呢？

我熟练地削好了皮把梨子递给他，心想看了我正确的演示，他应该学会了拿刀的姿势吧。

然而他才不管什么拿刀姿势，从那之后，每次要吃梨都找我。

助人为乐的结果是养成了依赖，不过我倒也挺乐意的。因为这样的一件小事，会让我觉得我们的关系变得亲密了不少。

为什么会喜欢这种感觉呢？我寻思着，可能是觉得在这大帝都举目无亲，如果真有这么一个弟弟也不错。

我用开玩笑的语气问他："欸，你为什么总让我帮你削皮啊？是不是对我有依赖了？"

他平淡地否认："不是啊。"

我莫名低落："那是为什么？"

爱有引力

　　"就是试一试。"他似乎对我刨根问底很奇怪，"有人愿意帮忙，为什么要拒绝呢？"

　　如此直白且无所谓的语气，我不禁皱了皱眉，"同桌"一场，且五百年前还是一家，说话不能稍微好听一点吗？

　　他的话让我有那么一丁点的难过，但仔细想想也对，本来就是我主动要帮他的，而且在这件事情上，我获得的愉悦度比他高。

　　可能是我傻吧，即使他这么说了，即使我很难过，但我还是愿意继续帮他削梨。

　　很久之后我和红树也曾讨论过这个话题，他说 2015 年刚来北京的那个春天，可以说是他人生最低谷的时候，要什么没什么，几乎没有什么可取之处。但奇妙的是，正是在这个春天，遇到了他当时不敢奢望的爱情。

　　因为我喜欢他，我说他好，他怕我失望，就拼命努力变好，所以才有了现在的红树。

　　其实，我又何尝不是如此。

　　明明没有那么好，却被彼此视若珍宝，谁又能舍得辜负对方的那份偏爱与深情呢。

♥　03　♥

　　红树虽说人瘦，但饭量着实不小。

那次双月打包了些饭菜一块儿吃，我看他碗里的主食吃完了还有些意犹未尽。

正好我饭量小吃不完，便问道："我吃饱了有剩的，你嫌不嫌弃？"

"我不嫌弃你。"他淡淡地拿过我吃过的饭，"五百年前是一家嘛。"

谁说一家人就不会嫌弃对方吃剩的饭了？我和我哥就不吃对方剩的。我虽这样想，但也没说什么。看着他吃我剩下的饭还吃得很香的样子，我心中有种说不清的感觉，很微妙。

午饭后是休息时间，我们三个小员工一起在小区里散步。

由于不太习惯北方的干燥，加湿器又还没到货，我只能不停地喝水，几乎是杯不离手。

红树说我的身体只是一个躯壳，这个水杯才是我的本体。

我觉得很有趣，这样的台词，比直接说一个人像水桶好玩多了。

闲聊中，红树说自己不适合待在这家公司，有要离开的意思。

"因为新公司不太规范，分工不明确吗？"我问，"还是什么别的原因？"

红树微微一怔，似乎没有和别人分享私事的习惯，但看我求知欲旺盛，还是和我们分享了他的故事。

他从小就喜欢漫画，父母觉得是不务正业耽误学习，禁止他看。后来实在是因为他的学习成绩不怎么理想，加上他从小就喜欢画画，父母这才让他学了美术。大学学的是城市形象设计专业，

也是父亲替他选的。

父母太喜欢操纵他的人生了，他不愿意一直这样下去，打算把那次专业选择作为最后一次对父亲无条件的服从。

因为从小没有太多自由，去外地上大学让他开始放松自己，加上学业很重，就很少画画了，慢慢的，手也生了。

一直到大四，他才猛然想到，毕业以后该何去何从？

他发现自己最喜欢的，依然是漫画。

"既然你从小就喜欢画画，怎么到了大学说放弃就放弃了？"双月有些不解。

但是我懂他。

父母是因为他学习成绩不理想，想另辟蹊径让他考上好一点的大学，所以才让他当美术生的。如此强烈的目的性，让原本纯粹的爱好蒙上了一层灰。

所以考上大学的那一刻起，人就松懈了。他松懈的不仅是画画，还有他一直被操控的人生。

"举个例子。"我说，"如果你本来就想着，玩得差不多了，准备要去做作业了，但这时候你妈妈突然大吼说你一天到晚总想着玩，去做作业！你是不是突然就没那么想去做作业了？"

双月秒懂，不再多说什么。

红树看了我一眼，然后继续讲他的故事。

做漫画的心没死，漫画画得不好，他还可以写故事。红树说他从小就喜欢幻想各种剧情、场景，所以做漫画编剧也不错。

大四下半年，他写了一个短篇漫画剧本。和一个漫画工作室合作，成稿在知名漫画杂志刊登了两期。第一次尝试非常顺利，让他看到了希望。毕业后回家，他拿稿费买了一个自己很喜欢的耳机，剩下的钱给了他母亲，说他以后就靠稿费生活。

他的父母当然不同意，总是絮叨着让他找一份稳定的工作。自由职业，在他们眼里就是无业。

他受不了父母无休止的唠叨，加上从短篇转长篇写作也遇到了很多困难。迫于无奈，他去当地一家集团公司应聘了一个设计师的职位。应聘成功了，但由于一些原因，到岗时间推后，他便趁这个机会来了北京。

出发之前和父母约法三章，除非他能在到岗时间之前在北京拥有一份漫画方面的靠谱工作，否则他就要回老家入职。

他有些无奈："从目前这家公司的情况来看，肯定是不行了。"

才刚相识，他就可能要走了。我向来感性，心里难免有些不舍，但也真的只有一点点而已。

因为我知道，缘聚缘散，原本就是寻常之事。

♥ *04* ♥

事情很快就有了转机。

　　我们见到了传说中的董事长，他很忙，因为在北京还有别的公司需要经营。他特意抽时间过来这边看看。

　　我们和董事长聊了自己的想法，董事长表示支持，说虽然公司才刚起步，员工也少，但是岗位不能乱，职位分工必须明确。手上暂时没有项目就多研究，比如我就多看看目前热播的影视剧，红树就多看看热门漫画。另外嘱咐双月加紧招聘，尽快让公司运作起来。

　　如此一来，红树应该不会走了吧？

　　我给好友墨涵发消息，说在北京一个文化公司待着，挺好的。

　　她很开心，说他们公司要在北京开分公司，她申请调过来，这样我们就能一起当北漂了。

　　她又说，身上的钱花光了，还好住在家里有吃有喝的。现在全身上下只剩下从老板那抢来的几十元红包，都给我买了好吃的鱿鱼丝。

　　我特别感动。

　　两天后我收到了她从青岛寄来的鱿鱼丝，非常美味。

　　在办公室分了一圈，剩下的我和红树一起分享。

　　这天中午，双月和红树一起出去买午餐，总经理也不在，办公室就剩下我和主编两个人。

　　我俩有一搭没一搭地聊着天。

　　她突然半开玩笑地说："我怎么感觉红树老看你啊？他是不

是喜欢你？"

我一愣，感觉自己的心跳加快了不少。

他经常看我吗？他为什么看我？他喜欢我？不可能吧……他怎么会喜欢我呢？他可千万不要喜欢我，我一直把他当弟弟的，他要喜欢我，以后还怎么一起玩啊……

我定了定神，笑着说："没有吧，那鱿鱼丝放在我俩桌子中间，他应该是嘴馋了看鱿鱼丝吧。"

过了一会儿，红树和双月买午餐回来了。

红树拎了好几袋，我过去帮忙，两人的手不小心触碰了一下。

"你的脸怎么红扑扑的？"他问。

我一阵紧张，脸红了吗？我不知道啊……我尴尬地打哈哈："春暖花开了，暖和！真暖和啊。"

双月开心地跟大家说："又要来一个新同事，下周一到。"

我和红树都很好奇。

"文学社的社长，写得一手好诗，贴吧里迷妹无数。"

我俩很配合地惊叹了一声。

"就是不知道长得帅不帅。"我嚼着饭菜，瞎琢磨。

"你喜欢长得帅的啊？"红树突然问。

"那当然，谁不喜欢长得好看的啊！"

红树点点头："挺好，和我一样是颜控。"

颜控？他是颜控……我又忍不住胡思乱想起来，自己长得也

就那样，还颜控，这不是"注孤生"吗……漫画少年都这样吗？最近天天对着加湿器喷，脸上的皮肤好像没那么干燥了，是不是得买些化妆品了？其实我虽然长相平平，但是三庭五眼还是蛮标准的，化个妆的话应该也还可以吧……

就在我瞎琢磨的时候，红树和双月已经聊起了喜欢什么类型女生的话题。

双月说了什么我毫无印象，只记得红树说喜欢腿长的，运动型的。

腿长啊……我个子倒是不矮，但是腿，好像一般般的样子，不过以前运动课的时候有人夸我穿运动服好看。嗯，看来除了化妆品，还得买两套运动装……奇怪，我干吗要迎合他的喜好？我又不喜欢他……难道是单纯觉得艺术生审美比较高级？嗯，应该是这样……

"你在想什么呢？"红树突然说话，打乱了我的思绪。

"没……没什么。"我笑了笑，"我就是在想，现在的工位就剩下我们背后靠墙那些了，就算新来的同事长得帅又怎么样，扭头一百八十度也只能看个背影。"

双月忍不住笑我："你想的倒是不少。"

"没事，我和他换。"红树说。

"什么？"我有点蒙。

红树的语气仍然淡淡的："如果新来的同事长得很帅，我可以把我的工位让给他。"

我心里有点不舒服，他就那么不想和我坐在一起吗？

"怎么？你喜欢面壁啊？"

"不啊。"

"那……为什么？"

"你不是喜欢帅哥，不愿意和帅哥背对着坐吗？我只是想让你开心。"

我低头咬了咬唇，掩饰嘴角流露出的笑意，然后看向红树，用凶巴巴的语气说："换什么换！不许换！他就算是长得帅裂苍穹，我也还是想让你坐我旁边。"

红树微微一怔，表情看起来好像有点意外，又有点感动。

"同桌情谊……真好啊。"他说这话的时候眼神有点飘忽，没看着我。

但余光里好像有我。

新同事在约定的时间来报道了，如双月说的那样是个帅哥，还有一双桃花眼。

二十岁左右的样子，妥妥的小鲜肉。

在我们好奇的追问下，得知这位小鲜肉，不仅擅长写诗，还会填词，给一些唱片公司填过一些歌词。虽然年纪很轻，但真的很厉害。

　　穿着也很时尚，没太多诗人的书卷气，名字很文艺，也很好听。由于涉及个人隐私我就不透露了，姑且称之为社长吧。

　　社长为人很随和，对于面壁办公这事儿毫不在意。而且很谦虚，说自己没做过网文编辑，希望大家多多指教。

　　"那怕什么，当女频编辑呗。"我开玩笑说，"你只要爆个照，邮箱就满了。"

　　大家哈哈大笑，然后各自回到工位上，该干吗干吗。

　　"后悔了吗？"红树突然问我。

　　"后悔什么？"

　　"后悔没让我和他换工位啊。"他认真地说，"现在后悔还来得及，我还是愿意跟他换的。"

　　我没有正面回答他的问题，而是反问他："如果今天来的是一个漂亮女孩儿，你想让我和她换工位吗？"

　　红树摇了摇头。

　　"那不就得了。"我瞬间侠女附体，笑道，"江湖儿女，义字当先，怎能见色忘义呢！"

　　红树："……"

　　主编对社长也极为满意的，为了欢迎新同事，晚上安排了聚餐活动。

我们在附近找了家不错的小饭馆，大家边吃边聊，毫无拘束。等上菜的间隙，大家互相加了好友。

主编坐在我旁边，红树坐我正对面，一抬头就能看到他。

我注意到他很怕烫，夹一堆食物放进盘子里，放很久才吃，而且一吃就是满满一口。那模样像极了小仓鼠，好可爱啊，我一下就笑了。

"红树你好像小老鼠啊！"我也不知怎的，"仓鼠"说出口时竟成了"老鼠"。

红树一边嚼一边抬头看了我一眼，没说什么。反正他的嘴也没闲着，我并没有太在意。反倒是主编姐姐靠近我，小声说："别乱说话。"

我看她神秘兮兮的样子，不由得压低声音问："怎么了？"

主编似乎也不想多说，看了红树一眼，然后给了我一个眼神自行体会。

我明白了，主编姐姐也是关心我，误以为我是在嘲笑红树，而红树看起来不喜欢开玩笑。

我一副了然的样子，继续吃饭聊天，还不时地看向红树。因为他坐在我正对面，所以非常自然，没有人觉得我是特意在看他。

他看起来确实是生人勿近，仿佛林间的一只小兽。眼神澄澈灵动，同时也有着原始的爆发力，一旦被侵略瞬间就会凶猛起来。

但我觉得他是一个可以开玩笑的人，虽然我不小心说错了一个字，好像是在嘲笑他。但他不会生我的气，他对我没有任何恶意。

我的这种想法没有任何依据，纯粹来自女人独有的直觉。

他给我的感觉是暖洋洋的。如果用画面来描述的话，就像清晨的阳光下，一觉醒来的小狼，柔软漂亮的毛发在微风中轻轻浮动。舒展一下身体，准备开始一天的觅食，看起来自由、慵懒、孤傲、独立，还有对一切未知事物的好奇。

我搞不懂自己，明明公司来了个那么好看的小哥哥，我却时时刻刻关注着他。

继社长之后，又新来两个小哥哥，也都在二十岁左右，A是广东人，和红树一样把漫画当生命，应聘的职位是漫画部的分镜师。性格很开朗，有点胖，是个自来熟。因为我喜欢粤语，所以和他聊得特别开心；另一个老赵，文学爱好者，应聘的小说编辑。身材健硕修长，说话很有礼貌。据说干过几年水手，还曾创业开过影视公司，人生阅历非常丰富，面相很显成熟，看起来比实际年龄大几岁。

总经理那边正好也租好了男生宿舍，他们便都搬过去了，原来红树住的那间屋子改造成了一间办公室。

老赵做得一手好菜，也愿意为大家效劳，所以公司特许他上午和下午都提前一个小时下班，去男生宿舍那边做饭。

至此，除去管理层以外，公司男员工五个，女员工就我一个。

虽然我比他们年纪大，但是他们都挺照顾我。

我从小身边都没什么异性朋友，高中读文科，大学念中文，男女比例悬殊，后来毕业当记者，也一样是女多男少。所以一直是女汉子模式生存，很少这么受照顾。

来北京一不小心成了团宠，我也是惊讶不已。

现在回想起来，简直是人生巅峰。

不仅受照顾，还受尊敬……

每次六个人一起行动，我总是走在最前面，身后的小伙子们一口一个"蓝姐"，或是"楠哥"。因为我本名"楠"这个字和《古惑仔》里铜锣湾扛把子陈浩南的"南"谐音。

但我们没有古惑仔的气质，倒是像一群不好好念书在外面瞎晃悠的问题学生。

♥ 06 ♥

有些事是很奇怪的，我已经二十五岁，而且在武汉当了三年记者，怎么说也算是有些社会阅历了。

然而这个春天，我莫名回到了十六七岁时青涩懵懂的心境。其他人可能没看出来，但我自己感受很真切。

这间简陋的办公室，就好像曾经简陋的高中教室。

红树他们像是同学，主编姐姐是老师，总经理是班主任。

这种感觉，实在是没有什么道理可言。

或许是上天的眷顾吧……

因为在这种青涩懵懂的心境下，才更容易产生悸动，更容易感受到那种青春萌动的美好。

对一个人动心，不是因为他拥有多好的条件，也不是他为你做了多少事，说过多少甜言蜜语，而仅仅是因为，这个人，他给了你旁人给不了的那种奇妙的感觉。

这样的美好，这样的爱情，我憧憬了一整个少女时代，也不曾遇见过。却阴差阳错的，在二十五岁这年碰上了。

难怪刘若英的歌里唱着：爱是天时地利的迷信。

不过，我至今也未能搞清楚，我究竟是因为莫名回到了少女时期的心境，才遇到了爱情，还是因为，我遇到了爱情，才回到了少女时期的心境。

♥　07　♥

一个周六，春光明媚。

我醒来后，发现公司里没人，还有点不习惯。我想天气这么好，一个人出去走走也不错。

也不能总当大姐大，否则我满满的少女心该如何安放？

简单吃了点东西，然后优哉游哉地梳了一个古风发型，穿上喜欢的汉服。感觉自己是个温婉可爱的少女了，心情瞬间和天气一般晴朗。

在附近的公园里逛了一圈，有点饿了，陡然发现忘带钱包。那时候网上支付还没现在这么普及，一些小店用的都是现金，所以就回公司拿钱包。

推开门的那一刹那，我看到了坐在工位上的红树，他正拿着眼镜布擦拭眼镜片，整个画风看起来和之前很不一样。

听到门响，他抬头看见了我，他的瞳孔好像瞬间放大不少，眼睛亮亮的。

我根本没空管这些，因为离他越来越近，我感觉自己的心在"怦怦"直跳，那是我第一次，真实地体验了"小鹿乱撞"这个词的感觉。

"你剪头发了啊。"我强行镇定地问，但满脑子都是，原来他长这样的吗？这完全就是我喜欢的样子啊，换个发型变化怎么会这么大呢？我的天啊，我好像根本不需要一个弟弟，我需要一个男朋友！

"嗯。"他说着戴上了眼镜。

戴上眼镜还是很好看啊，今天到底什么情况？怎么突然就犯起花痴来了……真丢脸，他不会看出来了吧……不管了，再多看几眼。哎呀，他怎么也在看我？怎么办、怎么办……眼镜擦得那么亮，会不会看得很清楚啊？早知道涂个底妆……

爱有引力

　　虽然内心在翻江倒海，但是我的表情依然很平静。坐到工位上和他闲聊，甚至连肚子饿了这件事都给忘了。

　　"在哪儿剪的啊？剪得挺好的。"

　　"去南锣鼓巷转了一下，顺便理了个发。"

　　"那是哪儿？"

　　"市里，挺远的。"

　　"哦哦，怎么不多玩会儿，这么快就回来了？"

　　"早上六点多去的。"

　　我默默惊讶，大周末的为什么起这么早……然后上网搜了一下这个地方，确认过图片，是我喜欢的地方。

　　"你怎么不叫我一块儿去啊？"

　　我也不知道，怎么脱口而出这么一句话，而且那语调听起来像是经常和男孩儿一起出去玩，可事实并非如此啊，我不禁在心里流下了两行泪。

　　"我，不知道你想去。"

　　"我根本不知道有这个地儿啊，对北京不熟……你很熟吗？"

　　"还行吧，小时候我妈每年来北京出差都带着我，我学美术的时候也是来北京集训。"

　　"怪不得轻车熟路，那我以后出去玩可就指望你了，因为我是路痴。"

　　红树的眼睛转了转，我猜他在想，双月是本地人不是更熟吗？

但是他说："好啊，明天，还是下周？"

"你今天才去，明天又陪我去一趟的话，不会觉得无聊吗？"

"不会。"

我点点头："嗯，不过还是下周好了。"

所以……这算是约会吗？

突然反应过来的我，脸上烫烫的，低着头躲进了房间。

关上门长长地呼了一口气，然后火速掏出手机给我堂姐发微信询问。

"姐！问你件事！你有没有听说过什么吴姓之间不能通婚之类的事？！"

发完之后我看着手机上的字，也有点蒙了。

这才哪到哪？怎么就想到结婚上了？蓝瓦啊蓝瓦，你怎么是这么不矜持的女孩儿呢！以前明明不是这样子的啊！

姐姐回复我："没听说过这种说法，不是近亲就行，可以通婚的，怎么突然问起这个了？"

"没事，我写剧本用呢。"

回复完，我抱着手机，乐得在床上打滚。

怕红树在外面听到我的笑声，还一直用手捂着嘴。

喜悦过后，我才意识到自己面临一个世纪难题——我是喜欢上他了，那他对我呢？

第四章

爱情是
勇敢者的游戏

♥ 0⁄ ♥

我早早地就在工位上坐好，其他同事陆续到了，想着红树也快到了，我心里一阵紧张，一直攥着手里的水杯。

红树很快也到了，经过我工位的时候，随口问了一声："这孩子的皮呢？"

若是旁人听了这话大概会觉得莫名其妙，而且还怪瘆人的。但是我知道他说话习惯，不管是大人小孩，物品小件，他都可能将其称为"孩子"。

"脏了，本来想洗洗的，发现越洗越脏，就扔掉了。"我答道。他说的"皮"，指的是我水杯外面那层防烫套，我当时一下就反应过来了。

周一通常要开会，说一下本周的工作计划。

红树提出漫画部先做一个"编辑部日常"的四格漫画，记录一下公司里的趣事。

"好是好，可是没有画手啊！"我说。

A说自己认识一些画手，可以帮忙招聘，在这之前，他和红树可以先顶一下。

"你也会画画吗？"我好奇地问红树。

"算是会吧。"他做了个可爱的表情，"太久没画，手已经生了。"

太谦虚了，我在心里默默想着。

一上午，红树都拿着自动铅笔在本子上涂涂画画，说是先做好人设。

我找各种机会假装不经意地看他，比如喝水、捡东西等等。

他认真画画时的侧脸，真好看。

直到后来我们结婚很久了，我还是最喜欢看他的侧脸，想来就是"同桌"那段时间落下的病根。

什么病？大概是相思病吧。

看见红树好像画累了，停下来歇会儿，便趁机正大光明地凑过去看。

我瞬间黑脸。

这和我想象中的精美大作也相差太远了吧。

果然是手生了，一点没说错，真是个耿直 Boy 呢。

"太久没画了，多练习一下估计能好点。"他轻轻地把那一页撕下来，揉作一团丢进垃圾桶里，准备重新画，整个人透露出了一种"不以物喜不以己悲"的淡然。

这一点就比我强得多。

我平时写稿子就比较别扭，写了自己觉得不好就烦躁，别人觉得不好更烦躁，自己觉得好质疑自己是不是敝帚自珍，别人觉得好又琢磨起审美差异性问题，这个人觉得好不代表其他人也觉得好……

我决定向他学习，淡然面对，做好手里头每件事并且提高自己的能力，别的不用放在心上，想太多也没用，无谓庸人自扰。

"那个，座位要重新安排一下。"我暗暗下决心的时候，主编姐姐突然站起来说。

"啊，我这都坐习惯了。"我忍不住说，同时思忖着，该不会是主编姐姐发现我总是偷看红树吧？

"你和红树不能坐一块儿。"主编姐姐很自然地脱口而出。

难道真是这样？我顿时有点慌，但还是强装镇定，弱弱地问："为什么？"

大概主编姐姐也觉得这话说得有些奇怪，喝了一口水，分析道："红树是漫画部的，和 A 坐在一起，你是影视部的，去对着墙那一排挑一个座位，中间这里是留给小说部的，这样会更方便一点。"

主编姐姐说得有理有据，我无言以对。

于是，我坐到面壁办公区。

♥ ○2 ♥

公司又来了一批新同事，一个网络维护小哥哥，一个行政姐姐，还有一个负责公众号运营的姐姐。全都是土生土长的北京人，不需要住宿舍。按总经理之前的意思，我要等到有需要一起住女生宿舍的同事来了再搬过去。所以，我还得继续住公司。

行政姐姐有个男朋友，在公司附近开了家小餐馆。办完入职手续，就说今晚上请大家一起去吃顿饭，尝尝她男朋友的手艺。

一下班，一行人开开心心去了餐馆。手艺确实很不错，尤其是拿手菜泰式菠萝虾球，得到了大家的一致赞赏。

除了一些菜式，还上了两大盆小龙虾：一盆清蒸小龙虾，一盆油焖小龙虾。

大家各自吃着喝着，偶尔碰个杯闲聊几句。

我注意到旁边坐着的红树一直在吃菜，完全没碰小龙虾。

"怎么不吃小龙虾啊？清蒸的那个不辣。"我提醒他。

"我不吃小龙虾。"

我一愣，居然还有不喜欢吃小龙虾的人，第一次碰到："是不喜欢它的味道还是？"

"不是不喜欢，是不吃，不吃带壳的东西。"

我又一愣，带壳怎么了？带壳的都不吃，这也太任性了吧。

"为什么啊？你看着壳就不舒服？"

红树看了我一眼，淡淡地吐出几个字："因为我懒得剥。"

我忍不住"扑哧"一声笑了出来，这个理由还真是，意料之外又觉得没毛病。

"你早说啊，我给你剥不就得了。"我大方地说道。

这回轮到红树微微愣住。

我拿了一只清蒸小龙虾，细心地剥好壳，放在他的碗里："好了，吃吧。"

红树没有动，反而呆呆地看着我。

我笑了笑："怎么了？"

"你是第一个深究我不吃小龙虾原因的人，也是第一个帮我剥虾壳的人。"他有些感动。

不就是剥个虾壳嘛，举手之劳而已，竟然这么感动？

我当时还不太理解，很久以后，我懂了。

一是聚餐人多，大家多半是各吃各的。假如有人不吃小龙虾，也只会下意识觉得这是对方的饮食习惯，尊重就好。关系好点的，可能会记住这个习惯，以后若是请他吃饭，不再点这个。

若是了解了背后的原因，发现不是不喜欢而是懒，没有开玩笑地嘲弄或者鄙视，反而帮对方解决问题所在。这样的举措，确实透露了非比寻常的关心和爱护。

二是很多人都觉得，在两性关系中，女生才是那个受照顾的对象。这个理论，因为一档真人秀节目，还受到过热议，就是有名的"大S剥虾论"。

具体情形是：节目里三家人坐一起吃虾，期间，福原爱看到大S没吃虾就主动过来，对大S说帮她剥虾。大S一脸惊讶，怎么能让福原爱剥虾呢！福原爱被拒绝后，一脸茫然，有点不理解大S的做法。大S连忙解释说，自己不喜欢剥虾，而且剥虾很麻烦，不想麻烦福原爱。并且还说，因为自己从小到大都是爸爸帮她剥虾，后来爸爸去世了，她也就不吃虾了。她妈妈说过，吃虾一定要男人帮你剥的，大S自从嫁给汪小菲之后，如果汪小菲帮忙剥虾她就吃，否则就不吃。

很多人羡慕大S的公主命，那段时间最流行的秀恩爱方式就是男友或者老公帮自己剥虾。

我却不这么认为。

我始终觉得，一个男人是否爱你，是否能带给你幸福，跟帮不帮你剥虾，真没什么关系。

我和红树在一起至今，都是我帮他剥虾的，他从来没给我剥过，以后大概也会一直如此。

对我们而言，剥虾其实没有那么大的意义，只代表一件他不喜欢做的小事而已。他不喜欢，我帮他做了便是。

他虽然没有为我剥过虾，但是帮我拧开了无数瓶盖，帮我捋过N个大纲，包揽家务，无条件地陪我想怎么玩就怎么玩，接纳和包容我所有的坏脾气和负面情绪。甚至因为我懒得动，原本连化妆品和护肤品都有点分不太清的男孩子，竟生生学会了帮我卸妆，熟练地先用眼唇卸妆油，再用脸部卸妆乳，动作比我自己卸的时候轻柔很多，而且卸得很干净。

因为公司人数多了，一桌坐不下，就不让老赵做饭了，大家各吃各的，想结伴一起吃也行。

周五下班时间一到，家在北京的同事除了双月都回家了。

我们几个在微信小群里说好，下班后一起玩会儿游戏，然后去吃饭唱歌。

我说："正好你们五个可以组团打游戏，我当围观群众。"

我经常围观他们打游戏，在旁边傻兮兮地给他们加油助威。偶尔会逗红树，说我以前做过兼职配音，虽然不太专业，但是模仿小萝莉撒个娇、卖个萌是没什么问题的，让他开语音让我和其他玩家对话，但都被拒绝了。

A说："不行，怎么能让蓝姐当围观群众呢？要当也是我当。"

"因为我不会玩啊！"我笑着说出真相。

"那你会玩什么？"

我有点不好意思地说："我只会玩《三国杀》，而且玩得还很一般。"

他们几个人一合计，决定配合我，玩六人局《三国杀》。

我承认，我是一个非常不靠谱的游戏玩家。

　　不管我的身份是什么，红树的身份是什么，反正我就是不"杀"他。如果我选的是孙尚香，红树一受伤我就和他"联姻"，帮他加血。还美其名曰，照顾我吴家弟弟，是应该的。

　　估计其他几个人已经无语了。

　　大概玩了半个多小时，大家看我也尽兴了，一块去吃饭。

　　因为我是武侠迷，公司附近正好有一家以武侠为主题的餐厅，就选了这家。这家餐厅我超级喜欢，座位都是按照武林门派分区的，菜单上全是各种武功的名字，基本都来自金庸小说。

　　酒水只提供温热的黄酒，用黑色瓷碗盛着，很有江湖气息。我不爱喝酒，看他们喝也很开心。

　　中途社长劝我喝点，却被红树挡下了。

　　说起来，不知是有心还是无意，除了第一次聚餐坐我对面，之后每次红树都坐在我旁边。

　　酒过三巡，老赵大概是想起了伤心事，满脸透露着一股淡淡的忧伤。

　　"怎么了啊？"双月问。

　　"哎，一喝酒，就……就想起我前女友了。"

　　大家便秒懂，纷纷举杯。

　　红树也是一脸伤感，看起来一副感同身受的模样："想起前女友还没啥，再想想她现在可能正和新男友浓情蜜意……"

　　他的话还没说完，老赵的心被扎了个彻底，大家都意味深长地看着红树，发出一些了然的单音词。

红树没再多说什么，端起碗一饮而尽，一副不多说了，一切尽在酒中的模样。

我本来伸出筷子正要去夹菜，听了他这话默默地收回了筷子。

他……有前女友吗？而且看那样子，好像还有点忘不了的意思啊……

后来，也就是我们在一起的当天，我才知道他根本没有谈过恋爱，哪儿来的什么前女友。他之所以这么说，是故意使坏，想让老赵更伤感。

腹黑！过分！

那天吃完饭，我们几个人去唱歌，肆意挥洒青春。

我发了一条朋友圈，大意是来北京最幸运的事，就是认识了这些人。

红树唱了一首英文歌，唱得不怎么样，但令我记忆深刻。因为他一直看着我唱，也不知道是什么意思。

主编姐姐可能是看到了我发的朋友圈，立马给我打了个电话，问我人在哪儿。这里要插一句，自从男生都搬到男生宿舍后，我晚上一个人住在公司。那会已经住了有一段时间，也没觉得害怕，但主编姐姐为了安全起见，她在总经理办公室放了一张床，陪我一块儿住。

我老实跟她说和他们几个人在外面唱歌。

主编姐姐语气很严肃，意思是一个女孩子大半夜跟一群男孩在外面玩，她不太放心。

其实才刚过十一点。

而且年轻人在一块儿玩也很正常，虽然只有我一个女生，但是他们也都是熟人，我信得过。

主编姐姐说，她父母去世得早，长姐如母，她将弟弟妹妹当孩子养。自从开了这家公司，她也把我们当弟弟妹妹看，难免管得多了些。我这么晚没回去，她很担心，一直在等我。我知道她的苦心，赶紧说我马上回去。

他们几个也没敢耽搁，立马送我回公司。

夜里的风有些许凉意，但因为KTV里很热，所以陡然出来，反而觉得十分舒爽。

良辰美景，繁星如许，不知道是不是还有少许的酒意没有完全散去，他们五个人竟然悠悠地作起诗来，一人一句，好不惬意。

诗作得参差不齐，如今我是一句都想不起来。

但这个画面，我一直记忆犹新。

作完诗，A提议周六一起去玩密室逃脱。

"好啊，好啊，听说很好玩，我还没玩过呢。"我有些激动。

红树在我耳旁小声说："不是说周末去南锣鼓巷吗？"

"还有周日嘛。"

说着已经到了公司楼栋口，他们目送着我上楼。

红树本来是想送我上去的，担心撞上主编姐姐，就放弃了。

♥　○4　♥

洗漱完，我躺在床上，琢磨了一会儿红树为什么一直看着我唱歌。可怎么也没琢磨明白，就想着刷刷朋友圈再睡觉。

微信系统提示有人提到了我，我好奇地点开。

是老赵发的一条朋友圈，乍一看是一首七言绝句，但为什么特意设置成提醒我看呢？

我仔细看了看，发现这四句诗其实是字谜，嵌入了我的名字。

这玩的又是哪一出，我没理会他。

过了一会儿，老赵给我发微信，问我有没有看朋友圈，懂不懂他的意思。

我有点迷糊，这意思我倒是懂，但是我不太愿意往那方面想。

他跟我说了他的很多秘密，以及他和前女友是怎么走到一起，然后又怎么分手的。总而言之就是他向我敞开心扉，同时对我有所暗示和试探。

我对他只有友情，更何况我已经喜欢上红树了，所以我委婉但明确地表明了态度。老赵是明白人，没再多说什么，并且默默地将那条朋友圈给删了。想来他只是回想起前女友伤感，又因为

爱有引力

单身了一段时间难免有些孤寂，所以才有了这么一出，我也就没当回事。

一觉睡到日上三竿，我开始化妆打扮。

中途主编姐姐收了个快递，卖家送了一串佛珠手串。主编姐姐随手把手串递给我，说她有好几串了问我要不要。

我看着还挺不错的，有时候还能当橡皮筋扎头发用，便套在手腕上。

打扮完毕，已经中午了，我在我们六个人的小群里呼唤他们。

"哥几个，什么时候去玩密室逃脱啊？"

社长："我和 A 在吃饭呢，吃完饭去公司集合好了。"

我："我也没吃饭呢，你们有人还没吃的吗？要不要一起？"

双月："老赵做炸酱面，我蹭点吃。"

红树："我还没着落，和你一起吃吧。"

我："行，那一会儿公司楼下见。"

我刚下楼，看到红树像小旋风一般跑了过来。

两人随便找了一家店，他吃的是大份手擀面，我吃的是盖码饭。说起来，都认识这么久了，我还是第一次单独和他吃饭。

他不仅怕辣，还很怕烫，用筷子夹起一撮面，会吹好几口，然后张开嘴把面大口吃下去。

"你吃饭腮帮子鼓鼓的真可爱，超像小仓鼠，哈哈哈，上次我说错了，不小心说成小老鼠了。"

"哦……"他似乎并不在意，而且一直在嚼嘴里的面，看起来也不太方便讲话。

即使这样，我还是忍不住没话找话："你看着这么瘦，怎么这么能吃啊？吃这么一大碗。"

他嚼完了一口，慢慢地说："比老赵还吃得多吗？"

怎么突然提起老赵？我好生奇怪，难不成是昨晚他也刷到了那条提醒我看的朋友圈了？真够尴尬的，但也不至于误会我俩有什么关系吧……

"老赵饭量很大吗？"我问。

"不是吗？"他反问。

"我不知道，"我挑着盘子里的鱼香肉丝，"为什么这么问？"

红树看了我一眼，眼神落在我手腕上的佛珠手串上。

我反应过来了，因为老赵几乎二十四小时都戴着一串佛珠手串。如今他见我突然戴了这么一串东西，肯定误会了。

"我猜想老赵应该没有某人吃得多吧。"我故意打趣他，"记得那次我和双月陪某人去买饭盒，买的哪是饭盒啊，分明是拿了一个不锈钢盆啊！笑死我了。"

"我以为公司的工作餐是每个人用自己的饭盒把饭和菜都装在一起，就跟在食堂吃饭一样。所以才买了个大的。"

实际上我们是聚餐，自己的饭盒只需要装米饭。那会我每天看他端着一个超大碗，扒饭的时候几乎把脸都埋进去，就觉得特别逗。

我又笑了一阵，这个话题算是过去了。

红树又看了一眼我的手腕，然后继续一声不吭地吃面。

"今天主编网购的衣服到了。"我装作不经意地解释，"卖家送了一串这玩意儿。"

我扬了扬手腕上的手串："主编有好几个，这个就随手给我了，好看吗？"

红树一听，心情瞬间变好了，嘴角漾着笑意："好看啊，你戴什么都挺好看的。"

"真的假的啊？你可别骗我。"

"真的啊。"红树认真地说，"你戴这个是挺好看的，但并不是这东西好看，是你戴着才好看，所以我觉得你戴什么都挺好看的。"

"听起来还蛮有道理的。"我嘿嘿笑着，"信你了！"

♥ 05 ♥

之后，大家一块儿坐车去玩密室逃脱。

红树挺聪明的，大部分线索都是他找出来的，我又一次在他身上看到了和 L 相似的点。

三个小时过后，我们顺利通关。

"哈哈哈，全靠你们了。"我笑着说，"我就凑了个人头，一点作用都没有。"

"有用啊，给我增加幸运值。"红树淡淡地说。

我不知道自己当时是否有脸红，但听了这句话，确实是羞涩又激动。

"顺便吃晚饭吧。"社长问，"你们想吃什么？"

红树说："无所谓，不全是辣的那种就行。"

"你没有什么喜欢吃的东西吗？"我问他。

"有啊。"

"是什么？"

红树依旧淡淡地说："我喜欢吃甜点。"

他注意到我脸上惊奇的表情，然后向下看了一眼，或许已经做好了心理准备，觉得我会嘲笑他"怎么喜欢吃这些啊，这不都是女孩子喜欢的东西"之类的话。

但是我脱口而出的是："你怎么和 L 这么像啊！是喜欢吃甜食的男孩子都这么聪明的吗？"

红树一本正经地科普道："L 喜欢吃甜食是因为使用脑力会消耗糖分，需要吃甜食补充。而我是单纯觉得甜点很可口。"

我："原来是这样子。"

这时候，A 突然窜了过来，用粤语问我在聊什么。

爱有引力

A 刚来公司的时候我就跟他说过我喜欢粤语，希望他有机会教我，所以日常会用粤语交流。A 夸我发音标准，我也没多想他是不是故意逗我的，反正很开心。

一旁的红树脸色变得有些难看，有点酸酸地问："你们说什么呢？笑得这么开心。"

"没什么啊，就是 A 夸我粤语发音标准。"

红树便没再说什么了。

我心中一阵窃喜，他那是吃醋的意思吗？难道他也喜欢我？

但转念一想，兴许只是烦 A 莫名打断了我们说话？而且站在他的立场，我和 A 在那儿叽里呱啦说着他听不懂的话，也确实有点闹心。

当天晚上我早早就睡下了，为明天的约会有个好状态。

睡得早，起得自然也就早，我琢磨着，化完妆再去找个理发店洗头发，这样头发可以吹得好看一点。

一切按照计划进行，唯一的失误是我预留的时间有点太过充裕了。

约好上午十点碰面，我九点就吹完了头发。

因为风大，刘海乱飞，我顺手把刘海编了一条麻花辫。然后给红树发消息说了地点："你不用去公司找我了，直接来这儿。"

我只是单纯地想告诉他别去错了地方，没想到他会理解错误。

大概过了十分钟的样子，红树着急忙慌地出现在我的面前。

"怎么这么快啊？"我一愣。

"收到你的消息，我就赶紧过来了。"红树气喘吁吁地说，"我本来打算提前半个小时来的，万万没想到你居然提前一个小时就到了。"

"不、不，你误会了。"我赶紧解释，"我只是过来洗头，不知道会花多长时间，洗完头就顺便告诉你地方了，你完全可以按原计划十点钟过来的。"

"你都到了，我能不早点过来吗。"他说着，好奇地看着我的头发。

"怎么……不好看吗？"我忐忑地问。

"没有啊，原来还能编刘海，挺好玩的。"

"吃饭了吗？"

红树摇摇头。

我陪他去吃了个早饭，他似乎胃口不怎么好，吃得比平时少了很多。

之后，我们一起坐地铁去南锣鼓巷。

因为我们公司这边比较偏，所以地铁上的人不多。我注意到红树不时地揉太阳穴。

"你不舒服吗？"我关切地问。

他笑着说没事，地铁到了途经站，有带孩子的乘客上来，红树赶紧给她们让座。

爱有引力

换乘了好几趟地铁，我们到了目的地。

那边古色古香，有不少特色小店，逛一圈下来到了午饭时间。

"中午在这边吃饭吧，你知道哪家店比较好吃吗？"我看向他，越发觉得他脸色难看。

"你是不是不舒服啊？"我又问了一遍。

"有点困，还有点晕，头疼。"

"昨晚没睡好吗？"

红树便如实说："昨晚送你回去后，我们几个看时间还早就去喝了点酒，喝完之后又通宵玩游戏，早上六点才回宿舍……"

我有些生气："那你怎么不早点跟我说呢？我们出来玩哪天都行啊。"

"我们约定好的，我不想……其实我平时熬通宵也没什么问题的，可能是我昨晚穿得少，早上回宿舍的时候风大着凉了，所以有点……"

"别说了，赶紧去医院吧。"

红树摆摆手："别，医院冷，挂号又慢，就我这点小毛病，去药店买点药就可以了。"

我想想也是，匆忙查了附近最近的药店。买完药，我拉着他去了旁边的一家饭馆。

匆忙点了几个菜，然后嘱咐服务员："菜可以慢点上，麻烦赶紧给我来两杯温开水。"

看着他吃完药，我总算放心了。

"你可以在这儿多休息一会儿，我们晚点再回去。"

"对不起啊。"他满脸歉意，"本来是陪你出来玩的，结果……"

"好了，真是个傻孩子。"我也喝了一口水，"下次这种事情一定要告诉我，出来玩哪天都行，身体要紧，记住了吗？"

红树点了点头，一副乖巧的模样。

♥　06　♥

大概是年轻的男孩子荷尔蒙分泌过于旺盛，加之我是他们目前接触的唯一年轻女性，我感觉我和这群"小弟"的友谊有崩坏的趋势。

上次朋友圈事件大家都知道了，只是心照不宣没人提，这次我和红树单独去南锣鼓巷玩，可能又让大家误会了，以为是红树主动约我。

这天起，社长和A对我的态度也开始有所不同。

社长会给我买零食，还没事就把"蓝姐，约吗？"挂在嘴边，虽是开玩笑，但次数多了，难免会带一点调戏的意味。

A对我特别热情，各种嘘寒问暖，每天早上和晚上一定会给我发"早安"和"晚安"，还特意用粤语。平时也是逮着机会就和我聊天，我对他的了解程度蹭蹭上涨，知道他妈妈和我一样是中文系毕业的，职业是老师，知道他家有三套房子，知道他有一次受伤住院，认识了一个小护士，两人就谈起了恋爱，知道那个姑娘善解人意，分手的时候也毫不拖沓……

双月倒是没太大变化，但他也是唯一一个放下《刀塔》《LOL》……没事就找我一起玩《三国杀》的人。

我心里很清楚，他们并不是喜欢我。

因为我知道，喜欢一个人，是那种想要去触碰却又及时收手的感觉。

他们几个人的这种做法，要么是无聊，要么就是男孩儿之间玩游戏一般的较劲儿。因为我是这个小团体里唯一的女性，突然有人表现出对我有意思的样子，就想要去试试自己的魅力值。

女生本来就比男生成熟得早，加之我又比他们大，有的还大好几岁，自然看得通透些。

这段时间，红树请假了。

他的父亲心脏上有个孔，来北京做手术，他要去陪床。

平时没事的时候，我们几个人会在小群里瞎聊天。

双月弄了一个机器人在群里，大家没事就玩什么测运势啊，答题什么的，群消息特别多。

我@①红树说："树哥，你要快点回来，我想你了。"

---

① 单独呼叫某个人。

这句话瞬间淹没在 N 条群消息中，所以看起来像是普通的玩笑话。

但我是认真的。

某天上班，我的桌子上多了一张纸，上面画着桔梗，还有一行字。

第一次用彩铅，画得不太好——A。

之前和他说起过，我上高中的时候，同桌给我讲了她特别喜欢的漫画《犬夜叉》，我也通过她的讲述迷上了这个故事。在上大学的时候恶补了动画，很喜欢桔梗这个人物。

我收起画，心情有些复杂。

难道他和其他人不一样，对我是认真的？

因为随着时间的流逝，社长的玩笑也慢慢不开了，双月也逐渐发现还是《刀塔》打得过瘾。只有 A，他还是每天早晚用粤语给我发"早安"和"晚安"，一逮着机会就和我聊天。

我暗暗思忖着，如果是认真的，哪怕只有一丝认真，为了避免更多伤害，我必须跟他说清楚。

"其实我喜欢树哥。"这句话，我在对话框放了一会儿，最终还是发给了他。

他有点不信："不会吧？真的假的啊？"

"真的啊，自古红蓝出 CP②嘛。"

---

② 配对。

A 便沉默了，没再给我发消息。

我把这段话截图给红树，想试试他的态度。

结果他就回了一个"挺好"。

挺好？我莫名其妙。

"什么挺好啊？"

"是不是 A 想追你，你拿我当了挡箭牌？帮到你了，挺好。"

"还有别的吗？"

"红蓝 CP，也挺好的……"

我没再回复，今日份的聊天到此结束。

♥　07　♥

也不知道是不是我的错觉，这次之后，红树对我还真是热情了那么一点点。

经常和我一起吃饭聊天，侃天侃地。

"对了，你之前说的老家那公司，通知具体上班时间了吗？"我突然想起这事儿。

"没。"红树说，"倒是我爸妈，已经开始催我回去了。"

我心头一紧，许是因为上次他父亲做手术的事，想着年纪大了，身体也没有原来硬朗了，想要孩子待在身边。可如果红树就这样回去了，那我……

我扪心自问，如果他也喜欢我，我是否会愿意不顾一切地跟他走，去他的家乡发展。

答案是，我愿意。

"父母都这样，我爸妈也不愿意我离家太远。"我颇有感触地说，"我也是想来北京闯一闯，不来我怕自己后悔，以后的话……可能也会回去吧，只是我老家是农村的，我也不可能回去种田，大概还是得在武汉找工作，经常回去看看爸妈。"

"如果我回去的话，大概就在四线小城市找一份普通的工作，生活悠闲，节奏缓慢，相亲认识一个当地合眼缘的女孩儿结婚，过着平淡的生活……"

我的心瞬间凉了半截。

我没有想到，这个我愿意不顾一切跟他走的人，他的未来规划里，竟然是相亲找个本地的女孩儿结婚。

我难过地跑开了，眼泪不争气地往下掉。

那是我第一次为他哭，又或者说，是为我那还没开始就结束的爱情哭。

他给我发了很多消息，问我怎么了之类的话。

我没理他。

也是从那时候起，我开始刻意疏远他。

有一天下班，红树似乎想过来和我说什么，A抢先走到我身边，非常明确地向我表白了。但是我对他真的没感觉，果断拒绝了他。

　　第二天，社长告诉我 A 很难过，他安慰了 A 很久，还说了一些 A 对我是认真的之类的话。

　　单方面的喜欢，注定是要受伤害的，A 是如此，我亦如此。

　　不过，通过 A 这件事，倒是让我开始理解红树了。仔细想想，是我单方面喜欢他，他并没有做错什么，我没必要那么冷漠。这样只会显得我很在意。

　　晚上，红树给我发消息："我喝酒了。"

　　我回复："哦，喝得挺开心吧。"

　　"你终于……肯回我消息了。"

　　"有什么事吗？"

　　"A 是不是向你表白了？"

　　"是又怎样？"

　　"你答应他了吗？"

　　"跟你没关系。"

　　"你能不能告诉我，你为什么生气，求你了……"

　　"没什么，我就是单纯的任性，不喜欢和要回老家相亲的人玩而已。"

　　"我那个说的是之前的计划，是没认识你之前的想法……"

　　"有区别吗，少年？"

　　"有。"

　　"我管你有没有，和我没关系。"

"我错了，我说错话了，你可以原谅我吗？"

"……"

"我……其实不是你理解的那个意思，我之所以那么说，不是真的想回去相亲，我是想要……总之是我不会说话，我表达错了，你当我没说，可以吗？"

"表达错了？所以你想要表达什么呢？"

我看着手机屏幕，一直在显示"对方正在输入"，但却没有收到新的消息。

我烦闷地将手机丢到一边。

过了一会儿，我又拿起手机，呆呆地盯着屏幕，心里隐约还在期待什么。

终于收到新消息了："擦，谁说酒壮人胆了！"

我："……"

我彻底被打败了，回了一句："你有话要说就快点说，不说我可要睡了，明天就开始'五一'假期了，我还有事呢，要早点休息。"

他似乎也鼓足了勇气。

但我还是没能收到我想要的答案。

他发的消息是："我想壁咚你……我就在公司楼下，你想下来见我吗？"

我想壁咚你……这是什么鬼啊！说句喜欢我会死吗？实在不

行，说想抱我亲我也行啊，起码意思够明确，让我不用担心自己一厢情愿吧。

"太晚了，不下去了。"

"那……明天早上，能一起吃早餐吗？"

"行吧，正好我明天要去市里找我朋友。"

"嗯，那就一起吃早餐，我去公司那边等你。"

"好，还有别的事吗？"

"没有了，就是……我一直想找机会跟你说，你有一次穿了汉服，真好看。"

"我睡了，你也快回去休息吧。"

"好……"

我表面一副不为所动的样子，其实身体已经不听指挥了。第二天，我默默地翻出了那天穿的汉服，梳妆打扮毫不含糊。

他见到我，似乎有些惊喜："你又穿汉服了啊，真好看。"

"嗯，谢谢！"我淡淡地回答，实则忍不住腹诽：说什么好看，昨天不是说过了，我已经知道了好吧，敢不敢说点我不知道的？敢不敢说你喜欢我啊！你还想等姐跟你表白不成？！做梦吧你！

找了一家没什么人的店，点了些早餐，口味很普通，气氛也有点尴尬，因为两个人都不知道该说些什么。

"我吃饱了。"我开口打破了僵局，同时起身准备离开早餐店。

他也迅速地站了起来："我也吃饱了。"

我看到他右手握着拳头，有点想往我这个方向挥的意思，见我注意到了，又悻悻地把手给缩了回去。

"怎么？你还想打我啊？"

"不……不是。"他有点尴尬，无力地解释道，"昨晚不是说了吗？我想壁……"

没等他说完，我就对着他翻了个大白眼，大步流星地走了出去，心里琢磨着，这人到底是什么时候变成这样了？我怎么会喜欢这么没种的人呢？！

♥ 08 ♥

在公交站等车。

他突然一拳打在我身后的站牌上。

嗯，壁咚。

两人突然靠得这么近，我一阵紧张，心跳加速，同时又有点高兴，或者还有点其他的感觉。总而言之，过于复杂。我的脸部神经已经凌乱到了不知道该有露出什么表情，只能傻笑。

"你……怎么一直笑啊？"

我努力镇定下来，终于不再笑，看着他。

这短短的几秒钟内，我的内心翻江倒海。

想亲他……不行啊女孩子要矜持的，而且……万一我亲的时

候他突然避开了怎么办？岂不是很没面子？关键还是同事，抬头不见低头见的，真的会很尴尬……再说了，他为什么不主动亲我呢？都到这个地步了，就这么一点距离，如果想亲的话干吗不亲一下呢？没亲那就是不想亲呗……不过这人也真是的，你要不想亲你就闪开啊，壁咚这么久真的很奇怪吧……不管了，再数三个数，这家伙要是再不亲，我就亲了，大不了装没站稳嘛……可是，我……这好歹也是我的初吻啊，居然还要用骗的？这让我颜面何存……

就在我万分纠结的时候，公交车到站了。

我猛地推了红树一把，恶狠狠道："再见！"

然后气呼呼地上了公交车。

第五章

彼竭我盈，
故爱之

爱有引力

♥　○1　♥

　　我坐在公交车上生闷气，心想他一定是觉得我长得不好看，才不亲我的，死颜控！

　　红树给我发了好一通消息。

　　"去找朋友了，玩开心一点啊。

　　"路上注意安全。

　　"刚刚是不是有点生气？

　　"今天只预约了壁咚哦，如果想要别的，可以再预约哦！"

　　我看完更生气了：哦你个头啊哦！以为你很萌吗？预约你大爷啊，预约！你以为你是谁啊！

　　"再见！我不想理你了！别再给我发消息了！"

　　他还是一个劲儿地给我发。

　　下公交车的时候，已经攒了几十条消息，我一气之下把这些消息全给删了。

　　见到墨涵的时候，我立马冲上去抱着她哇哇大哭，把她给吓坏了。

　　我和墨涵相识于2014年。我们年纪差相仿，在同一个编剧群，职业情况也比较相似，我给武汉电视台写栏目剧，她给青岛电视台写。

114

墨涵是青岛姑娘，父母都在事业单位工作，按说家境不错。但是她妈妈生她的时候是高龄产妇，患上了妊娠糖尿病，每个月开销不小。墨涵很懂事，大学的时候就在校外租格子铺卖耳钉，给自己挣生活费。

她念的是日语专业，毕业后在当地找了份工作，还算清闲。周末闲来无事，就想做点兼职。在电视上看到台里招聘演员，便乐呵呵地去报了名。

墨涵个子娇小，脸也小，眼睛很大，挺上镜的，很顺利就通过了试镜。

只是她真的没什么演戏天分，在片场 NG③ 无数次，导演都快被她气疯了。最后实在没办法，就劝她说："姑娘，你真不适合当演员。"

墨涵笑笑："当不当演员无所谓啊，我就想挣点钱，你们这儿有没有我能干的还能挣钱的活吗？"

"那你写剧本去吧。"导演说。

墨涵觉得可行，联系了负责收稿的编导，回去琢磨写剧本了。

第一次，没过。

第二次，没过。

第三次，还是没过。

……

---

③ 电视或电影术语，指演员在拍摄过程中出现失误或笑场，无法达到最佳效果的镜头。

第九次，依然没过。

"要是第十次还没过就算了，我宁可去夜市摆地摊卖耳钉！"

第十次，她的剧本通过了。

并且在此之后，她接二连三过稿。

虽然说接触这一行纯属偶然，但在写了这么多剧本之后，她是真的爱上了这一行。

这年冬天，群里有个年纪比较大的编剧，想邀请一批编剧参加集训，然后大家一起做一个项目。

集训地点在武汉，我和墨涵都报名了。

那个时候，我们都被困在栏目剧的领域里，一直在寻求突破，所以有机会就想抓住。

我看到墨涵在群里说："本来觉得远不想去的，但是正好我男朋友的哥哥在武汉工作，我也没去过武汉，想着我男朋友的哥哥能带我逛逛，就报了名。"

群里有人接话茬儿："你男朋友的哥哥在武汉做什么工作？"

"警察，帅气吧？"

之后便是一些闲聊。

墨涵与我私聊："我是骗他们的，我一个女孩儿去外地，怕有危险，就编了这么一个谎言。"

原来如此……

心思玲珑，懂得保护自己，同时又对信得过的朋友坦诚相告。

这样的朋友，我觉得值得深交。

她到武汉那天，我去地铁站接她。

"嗨，墨涵！"根据她的口述，我当时跟个傻瓜一样，对着电梯上的她疯狂挥手。

当时参加集训的有十来个人，我们在一家酒店入住，我和墨涵住同一个标间。

她是唯一一个给大家带了礼物的姑娘，是青岛当地贝壳做的一些小饰品。另外，还单独给我带了一大包虾皮。

很久之前在网上闲聊的时候，我跟她说过我有点缺钙，没想到她一直记得。

墨涵跟我说，她失恋了。这次来武汉，除了是想过来试试这个项目，另一方面，她想换个地方待几天，换换心情。

我在跟她聊天时了解到，这个男孩儿是她的初恋，她很喜欢他。但他有一个曾在一起六年的初恋女友，两人青梅竹马，感情很深，当时因为一些误会分手了。他和墨涵在一起后，前女友又来找他复合。

墨涵觉得他们才在一起几个月，没法和人家多年的感情基础抗衡，有些不知所措。男孩儿刚开始还哄着她，时间长了渐渐也变了。墨涵性子刚烈，不想要这样有瑕疵的感情，所以只能忍痛分手。

她坦承，说分手其实是为了逼他一下，让他掂量掂量自己在

他心中的分量。却没想到，男孩儿没再联系过她。这么一来，她又有些懊恼。

彼时我也没有感情经验，不知道该怎么做才好。但我觉得，长痛不如短痛，既然他的心已经不在了，继续交往下去只怕会伤得更深。

墨涵觉得有道理，决定再试探他最后一次，如果他还是不为所动，就证明心里确实是没有自己。那样的话，她就彻底放下。

墨涵拉着我去商场，买了一对情侣银戒，她戴一枚，我戴一枚。两只手放在一起，拍了一张照片，发朋友圈。还配了文字，大意就是我们两人感情很好的意思。

男孩儿看见了，并没有什么反应。

或许他一眼就能看出来，我们这种幼稚无聊的小把戏吧。

现在回想起来，当时的确是挺幼稚的，但幼稚里，也透露着墨涵在这段感情里表现出的单纯和真挚。

墨涵说到做到，决意放下。

我带她去了武汉的归元寺，她拜了佛，祈求自己尽快走出这段感情，早日和那个对的人相遇并修成正果。

这次集训结束后，我们找了一个地方住下，为了省钱，选了一家普通的小宾馆。

我和墨涵一致决定——明年春天，一起去北京吧！

于是，我就毫无顾忌地来了北京，刚好墨涵所在的公司要在北京开分公司，她申请调了过来。

我见到墨涵二话不说，抱着就哭，她也非常着急，一边忙不迭地给我拿纸巾，一边询问我到底发生了什么事。

"我……失恋了！"我哽咽着说。

"不是这么巧吧，第一次在武汉见面，我失恋；现在北京重遇，算是第二次见面，结果你失恋……"墨涵突然感觉有些不对劲，"上次你还没有男朋友，怎么才来北京一个多月，你就失恋了？什么时候在一起的？"

我擦了擦眼泪："没在一起。"

墨涵有些无语："没在一起也算失恋啊？"

"反正就是我喜欢他，他不喜欢我。"我委屈巴巴地控诉，"他是个颜控，嫌我长得不好看！我可不就伤心嘛，呜哇……"

墨涵当时就炸了，她本就是特别重义气，愿意为朋友出头的人。听我这么一说，当下就和我说："这什么人啊，瞎了吧！你这还叫不好看啊？那啥样才算好看啊？他自己长得很帅吗？竟然还嫌弃你不好看！"

我弱弱地说："其实，他也没说我不好看，是我自己猜的。"

墨涵有些无奈，让我把话说清楚点。

我便一股脑儿地全交代清楚了。

"就是这样了，他都不亲我，肯定是嫌弃我长得不好看！死颜控，我再也不会理他了。"

墨涵的表情有点迷茫："姐们儿，你这是什么脑回路啊？"

"我……怎么了？"

"哭成这个样子，我还以为你受了多大的委屈呢！结果就因为人家没亲你，拜托你俩什么关系啊？人家能亲你吗？那不是要流氓吗？"

"那……"我辩解道，"他亲我一下，最多我打他一巴掌。"

"人家凭什么让你打？再说了，他又不是你肚子里的蛔虫，知道你怎么想的啊！"

"其实我是受了小时候看的一个电视剧影响，就是《十八岁的天空》，里面有句台词，说身体是最诚实的，你忍不住想吻的那个人，就是你喜欢的人。里面的古越涛就是这样确定自己对裴佩的感情。"我依然十分委屈，"所以他不想亲我，肯定就是觉得我长得不好看，不喜欢我。"

"姐们儿，首先这是电视剧里的情节。"墨涵认真帮我分析，"其次，就算这个理论成立，我问你，你那时想亲他吗？"

"我想啊！所以我喜欢他啊，这逻辑是对的！"

"那你亲了吗？"

我摇头："没有。"

“那不就结了，你想亲他，但是你没有，那他没有亲你，你凭什么就认为他不喜欢你呢？”

　　我一时无言以对。是啊，我怎么就没往这个方向想呢？

　　“可我毕竟是女生啊。”我绞着手指，“我怎么好意思？他要是喜欢我，应该主动一点嘛。”

　　墨涵笑了笑：“行了，行了，这根本就不是什么事。”

　　“当然是事啊！我一气之下，就把他微信拉黑了。”

　　墨涵：“……”

　　“反正话都说出去了，我是不会再理他了。”

　　墨涵更加无奈了：“不可能的。”

　　“怎么不可能啊？我要是再理他我就不姓吴！”

　　“得了，去洗洗脸吧，以后跟我姓。”

　　我站在镜子前一看，脸上的妆已经花了，赶紧把妆卸了，洗了把脸，又重新化了妆。

　　然后就和墨涵出去玩了。

　　到天安门逛逛，去西单转转，吃吃喝喝很是惬意，把不开心的事都丢到九霄云外去。

　　晚上，我在墨涵那边留宿。

　　我忍不住说：“这人怎么回事啊？我把他拉黑了，他就不能让我再加回来吗？怎么一点动静都没有。”

　　墨涵调侃道：“跟我姓吧。”

我一脸义正词严："就算他这样，我也不会理他的！绝对不会！"

第二天，我又没心没肺地和墨涵疯玩了一天，直到五月三日上午才回公司。

地铁上，我收到了红树发来的一条短信。

"我这两天，想了很多事。"

我随手回复："想什么了？"

"我可能喜欢你。"

"我这个人比较任性，不太喜欢'可'和'能'这两个字，你可以过滤掉这些我不喜欢的字眼，重新说一下吗？"

"我喜欢你！"

真的，看到这几个字，我感觉整个手机屏幕都在疯狂冒着粉色泡泡。

"我也喜欢你！"回复的时候我的手都是抖的。

后来，红树总是不分场合、地点莫名亲吻我。我以为是因为两个人第一次谈恋爱，所以腻歪了点。写到这里，我才反应过来：五月一日因为他没有亲我，我才生气，还把他给拉黑了，五月三日两人确定关系，他大概是怕不亲我，我又要生气吧？

站在他的立场上分析，倒是有可能产生这种联想。

原来罪魁祸首是我自己？

或许有一种爱情就是这个样子吧，像打仗一样。你主动进攻，我就退一步，待我绷不住了，再撩回去，几个回合下来，对彼此都有了一些了解。你一鼓作气再而衰三而竭，我就抓住时机，彼竭我盈，故爱之。

听起来很厉害的样子，其实心里也是慌得不行。

什么都说明白了，太早捅破那层窗户纸，总觉得少了点情趣。藏着掖着不说，你来我往的试探，都想让对方先说喜欢自己，又多少有点风险。万一一个不小心，可能就是一生的遗憾了。

还好，我们没有错过对方。

♥　03　♥

红树那会儿没什么钱，而我已经工作了好几年，有了一些积蓄，所以我经常请他吃饭。

他喜欢吃芝士，我们去的最多的就是必胜客。

我吃着比萨，红树坐我对面看着我。

"看我干吗呢？你也吃啊。"我有些奇怪。

"我等着吃你剩下的比萨边。"

我："啊？为什么？"

"在网上看到的，说男朋友必吃食谱，什么比萨的边、包子的皮之类的。"

我一脸委屈："这都是什么跟什么？你都瞎看些什么东西啊？这真的是男朋友必吃食谱而不是给什么仇人、情敌吃的吗？和男

123

朋友在一起难道不是要一起分享美食的吗？比萨边如果不好吃，那就丢掉好了，为什么要给男朋友吃？"

"你太好了。"红树一脸感动。

"好什么好，本来就应该是这样啊，你干吗要在网上看这些东西？"

"我就是想做好你的男朋友。"

"乖，做你自己就好了。"

红树点点头。

吃饱后，他盘子里还剩下些许食物。

只见他拿着刀叉，对着剩食摆摆弄弄，竟然拼成了一幅画。

"哈哈哈！"我乐了，"原来你也喜欢摆弄食物！"

"怎么？你也有这个爱好？"他也很惊讶。

"是啊，我也喜欢用这些东西摆成字或者简单图案，有时候就比较恶心一点，汤汤水水的全都混在一起，就想看看最后是什么颜色……之前和室友一起吃饭，还被各种嫌弃……"

真是没想到眼前人除了是意中人，还是同道中人。

我开心地抄起刀叉，也开始摆弄起来。

我跟他拼了一幅一样的画，只有细微的区别，就顺手拍了张照片，发了朋友圈，说这是一个"找不同"的游戏。

A是第一个评论的，我赶紧和红树分享。对了，那时候A已经辞职离开了这家公司。

红树却微微皱起了眉头。

"怎么了？"

红树想了想，说："他喜欢过你，我有点介意，我想你把他的微信删掉。"

"可是……他喜欢我也不算做错了什么吧？就这样把他的微信删了会不会不太好？"

"我明白，因为你问我，所以把自己的感受说出来而已。"红树说，"我没有要求你必须这么做的意思。"

我看着他可怜巴巴的模样，真想立马答应他，但又觉得莫名其妙把人家删了很不好。

"我去趟洗手间。"我把手机塞到他手里，"你帮我拿一下。"

算是给他一个机会吧，顺手一删，天下太平。

从洗手间回来，拿过手机一看，他竟然没删。

我好奇地问："你没删啊？"

红树好生奇怪："我只是帮你保管一下，不会乱看你的手机的，更不会私自删你的好友。"

"你不用为难，我就是这么一说，因为我想对你坦诚。"红树继续说道，"我尊重你的想法和决定。"

我在手机上按了几下："我删了。"

"嗯？"红树有些意外。

我笑了笑："好了，吃完饭，我们去看电影吧。"

爱有引力

我是这么想的，A 既然跟我表白过，我们本来也不适合再做朋友。另外，万一他还喜欢我，我删了他也正好断了他的念想，也算是件好事。

十几分钟后，我们到了电影院。

考虑到以后看电影的机会可能会比较多，就办了一张会员卡。

我俩找到座位坐下，等电影开场。我顺手掏出钱包，打算把会员卡放进去。却发现钱包卡格放满了，就把没用的卡拿出来。

"我帮你去扔吧？"红树说。

"等下。"

我将不要的卡放在手里使劲儿折弯，肆意破坏，红树在一旁吃惊地看着我。

我解释："不知道怎么养成的毛病，就喜欢干这种事。"

没想到他说："我也是。"

两人对视一眼，哈哈大笑起来。

♥ 04 ♥

倒也不是都这么合拍的。

我想穿情侣装，红树不喜欢。

我以前就一直憧憬着谈恋爱以后要穿情侣装，所以让他网购一套。就算只穿一次也好，当是圆我一个心愿。

他下好单，很快就收到货了。

严格来说他买的这个不算是情侣装，就是两件不同码的同款T恤。红树解释说因为懒得挑，所以就买了销量第一的那款。

即使这样还是蛮激动的，第二天就穿上了。

双月他们几个都是单身狗，见了免不了怨声载道。

本来一切都挺正常的，直到我俩在散步的路上，发现不远处有一位五十多岁的阿姨向我们走来。

和我们穿的是同款T恤，目测是最大号，腰间还有好几个游泳圈。

红树有些尴尬："咱们赶紧回去换吧。"

我拉住他，一脸镇定："先别着急，不就是和大妈撞衫嘛，没事的，我们落荒而逃只会更尴尬！你看啊，那阿姨看年纪和我妈差不多，咱就淡定一点，这样看起来像是家庭亲子装……"

红树："……"

总之，第一次穿情侣装的体验，太过于复杂。

后来我就承包了买情侣装的任务，春夏秋冬的都有，款式也很好看。

红树也慢慢变得喜欢和我穿情侣装了。

♥　05　♥

不久后，公司来了两个外地的女孩儿，都是画手。于是，我们三个人搬进了女生宿舍,她俩住主卧,我住次卧。

工作日早上的七点左右,红树会出现在楼下等我。

老小区,没有电梯。

他说每天早上最先看到我的脚,然后是腿,再然后是整个人。但从看到脚的那一刻起他就忍不住嘴角上扬。

我每次走到最后半层楼梯时会稍微加速,然后扑到他怀里。

抱一会儿,然后手拉手一起去买早餐,日子平淡而喜悦。

他的头发又长了些,我陪他一起去理发。想着在理发店等着也是无聊,不如我也修修发尾。

然而理发师不允许自己修剪过的头发毫无变化,仿佛那样侮辱了他的手艺,一直劝我稍作改变。

我说我不用改变,因为我每天都梳不同的发型。

不知怎么聊到刘海这事儿上了,理发师建议我留个齐刘海,因为我额头太窄,发际线太低。

我抬头看了看镜子里的自己,果然"90后"已经开始脱发了,曾经看起来很低的发际线,现在看着并不低。

理发师顺势说既然以前没留过,那不如就尝试一下。

剪完我就后悔了。

怎么看都觉得比之前难看,心情一下很不好了。

红树也弄完了,他剪得还不错。

"你看我剪了个齐刘海,是不是很丑?"我问他。

红树看了看："没有啊，不丑。"

离开理发店，我们在外面溜达了一会儿，我还是觉得难看，就停下来，认真地问："你觉得这个齐刘海到底怎么样？"

"和之前不太一样，另一种感觉。"

"那我之前的发型好看，还是现在的好看？"

"之前的。"

果然是这样！

我当时就委屈得不行："我就说剪丑了嘛！本来我就想修一下发尾的分叉！都怪那个理发师，非劝我改变……"

"好了，没事了。"红树摸摸我的头，"你不会丑的，你怎样都好看，齐刘海不喜欢，很快就会长长的。"

红树安慰了好久，我总算是勉强接受了这个齐刘海。

结果第二天到公司，老赵看到我一副惊讶的表情："你头发怎么回事啊？怎么剪成这样了？以前多好看啊？"

当时我那股委屈劲儿又上来了，正要发作，被红树一把搂住："我喜欢，不行吗？"

老赵一时语塞，闭上了嘴。

我心里暖暖的，把红树拽到一边，说："你干吗这么说啊？不怕别人质疑你的审美有问题吗？"

红树一脸淡然："我管他质疑不质疑，跟我有什么关系？我只在乎你。"

爱有引力

自从在一起之后，红树和我走在一起都十指相扣，而且还扣得特别紧，我想边走边摇晃都不方便。

"你干吗用这么大力气啊？"我问。

他有点不好意思，放松了一点。

我笑笑："怎么？怕我跑了不成？"

"突然就有女朋友了，美好得像是在做梦，没什么真实感……"他看向我，眼神有点可怜兮兮的，"你会一直和我在一起吗？"

"会啊！"我毫不犹豫地回道。

"真的吗？你再说一遍好不好？"

我拒绝："好话不说第二遍！"

红树顿时又委屈起来，还带点撒娇："再说一遍嘛！说你永远不会离开我。"

我停下来，凑到他耳边，看他一脸期待的样子，小声跟他说："我爱你。"

红树瞬间愣住："你……爱我？"

"对啊，你是我男朋友，我当然爱你啊。"我捏了捏他的脸，笑着开玩笑问，"怎么？难道你不爱我啊？"

红树没说话。

我的心一颤，神色瞬间严肃起来，我问他："你什么意思？你不爱我吗？"

"不……不是不爱。"

"那是什么意思？"我有点不爽，都在一起一个月了，每天也是甜甜蜜蜜的，没想到他突然来这么一出。

"我喜欢你，很喜欢很喜欢，但是爱……我还不确定，我不是一个轻易去爱的人，因为一旦爱了，就是一辈子的事……"

我忍不住反问："难道就你一个人谨慎吗？难道我就是随随便便的人吗？我爱一个人，也是一辈子的！"

还没等他回话，我就气呼呼地走开了。

红树在我身后跟着，我怒目而视："不想见到你！我要回宿舍了！再跟着我，我就再也不理你了！"

红树被震慑到，乖乖地停下了脚步。

我一个人躲到宿舍里生闷气。

打开手机，看到红树给我发了一串消息。

"你到宿舍了吗？

"对不起，惹你生气了。

"你这么好，我这么喜欢你，我一定会爱上你的，你能原谅我进度稍微慢了一拍吗？"

我回复："那你什么时候会爱上我呢？明天？下个月？还是

爱有引力

十年后啊？"

"也许是下一秒，也许一个月，也许要很久……我也不知道……真的对不起……"

我本来脾气来得快，去得也快，现在气消得差不多了，便回复道："好的，我知道了，没事。"

"真的没事吗？"

"没事啊，反正又不是结婚，谈恋爱本来就是开心就好，谁说一定要爱得死去活来的。"

"你没想过要和我结婚吗？"他问。

"我如果结婚，一定是和那个我爱而且爱我的男人。"

"嗯……"

过了一会儿，他又发来消息："你还生气吗？"后面还附带了几个"可怜"的表情。

"不生气了。"我顺手也给他发了个"抱抱"的表情。

结果他就急了，给我发了好几个"流泪"的表情。

我有些莫名："嗯？"

他："你给我发个小绿人是什么意思啊？"后面又是好几个"流泪"的表情。

小绿人？绿？这……

我无语至极："什么小绿人？那是抱抱，抱抱的表情不懂吗？什么脑回路……"

"我不管，反正我不想看到这个小绿人。"

他跟个小孩儿一样，弄得我哭笑不得。

但我还是妥协了："好了好了，以后不给你发这个表情了。"

有什么办法？谁让我爱他呢。

"我不会离开你的。"我给他发了一句语音。

他既惊讶又欢喜："你怎么……"

"不是说想听吗？想听就说给你听呗。"

"你为什么这么好……"

"不是告诉你了吗？我爱你啊。"打出这一句的时候，我鼻子一酸，落下泪来。

爱了就是爱了，不是想收就能收回的。就算还在为他没有爱上自己而伤心，也没有办法阻止自己爱他。

原来爱，真的会让一个人卑微到尘埃里。

他发了句语音，我轻轻点开："我也爱你。"

我突然就笑了，莫名笑得花枝乱颤，而眼泪又顺着脸颊流了下来。

那是一种无法用言语表达的复杂心情。

"这么快的吗……"

"我不是说了嘛，可能很久，也可能就是下一秒啊……我爱你，我非常确定，我已经爱上你了。"

我又感动又莫名觉得好气，抹了抹脸上的泪，心想如果他现在站在我面前，我肯定得踹他几脚。

有人说，爱情里先付出的那一个容易受伤。我认了，受伤我也要去爱，但这个魔咒好像被我打破了。

诚然，刚在一起的那一个月，确实是我对他更好，无条件的包容他、爱他。可自从他说爱我的那一刻起，一切就不一样了。

我还是和以前一样，很爱很爱他，一直没改变过，以后也不想改变。他则是一点一点地开始爱我，慢慢的，他对我的爱甚至已经超过了我对他的爱，并且在持续生长。

"所以你完全不用担心，自己以后变老变丑就没有爱情了。"他说，"因为那时候我对你的爱，比现在多多了。"

"那万一我除了变老变丑，脾气还特别不好呢？总之就是什么优点都没有。"

他的语气诚恳而坚定："不管你变成什么样，只要你还是你，我就爱你，每一天都比昨天更爱你。"

嗯，想来我被惯成现在这个样子，真的是有原因的……

第六章

爱情互相给予，
梦想也要一起努力

爱有引力

公司组织团建活动，一起去森林公园烧烤。

董事长估计是听到了一些关于我和红树的传闻，看向我和红树笑着问："你俩……什么关系啊？"

红树淡然地说："她是我女朋友。"

大家都安静了下来，一个个都看向我们。

"公司如果不允许员工谈恋爱，我可以马上辞职。"红树立即反应过来。

"没有、没有。"董事长仍是一脸笑意，"公司刚成立没多久，也没做出什么成绩，能成就一对情侣，不也挺好的嘛。"

我不知道董事长这话是什么意思，我是个直率的人，不喜欢拐弯抹角。

烧烤的时候我和红树闲聊起来，这个时候我们才意识到，我们一直耽于爱情，甚至忽略了来北京的初衷。梦想，已经被抛诸脑后了。

"这次活动结束后，我们辞职吧。"我说。

红树点点头，他和我有着同样的想法。

先不管董事长是不是真的支持员工谈恋爱，董事长在北京还有别的公司，平时很少管我们这边。总经理和主编姐姐也没什么经验，现阶段的工作也都是摸着石头过河。

但那会和我一块做编剧的朋友，大多陆续有电影上映了。我依旧没有什么成绩，不能再留在这里过这种安逸的生活了，来北京不就是为了奋斗吗？所以，我们必须离开。

但是离开，有些舍不得这群小伙伴。

这次团建大家都玩得挺开心的，也许带着一些即将离别的情绪，红树喝了不少酒，还喝醉了。

烧烤完大家去唱歌，红树不舒服，吐了一地，站都站不稳，我赶紧打了辆车带他到酒店去休息。

他又吐了一阵，漱了漱口，便睡了。

记得后来他跟我说，他中途迷迷糊糊醒来，看到我正跪在地上用毛巾擦着地毯上的呕吐物，瞬间又感动又心疼，他决定以后都不让自己喝醉了。

第二天上班时，我们一起递交了辞呈，说好做完工作交接就正式离开，同时也开始着手找工作。

♥　○2　♥

我投了一堆简历，都石沉大海，红树刚在招聘网站填好资料，就有人打电话过来邀约面试。

红树不抱什么希望。一来新公司不知道靠不靠谱；二来他不

觉得会有好运降临到他身上。

记得他说过，自己从小到大都是一个没什么好运气的人，大事小事都是如此。但和我在一起之后他瞬间就释怀了。原来攒了这么多年的运气，就是为了遇到我，他觉得特别值得。

"既然你都已经遇到我了，就不用再攒运气了，说不定这家公司不错呢，去试试吧。"我对他说。

他在任何事情上都重视我的看法，既然我这么说，他便去面试了。

记得那天，他面试回来，整个人开心极了。他激动地说："公司很靠谱啊！都是圈子里的人，老板是编辑出身，以前带的漫画超火，还有一个股东是漫画大佬。办公环境特别棒，一栋超棒的别墅，而且还有各种零食、水果不限量供应，待遇比现在好多了，也提供住宿……"

我见他那样，也跟着高兴。

"看来是应聘成功了啊。"

"是啊，虽然我简历一般，但是赶上公司正缺人，所以很快就通过了面试，当时面试官还说，公司终于招到男同事了。"

"嗯？公司里都是女孩子吗？"

"是啊，做漫画的一般女孩儿多一些。"

我瞥了他一眼："那她们长得好看吗？"

"看到的几个女孩儿都长得挺漂亮的。"他如实作答。

"那太好了，你不是喜欢跟漂亮的小姐姐一起工作嘛。"我一拍他的肩膀，"我就说嘛，这家公司靠谱，哈哈哈，没错吧。"

红树却突然垂下头，一副沮丧的样子："公司是挺好的，就是太远了，我不想跟你分开。"

"傻不傻，都在北京叫什么分开啊？"

"我想每天都见到你。"

"哼。"我故意逗他，"你们公司有那么多漂亮的小姐姐，说不定你过两天就把我忘了呢。"

红树紧紧地抱住我，抱了好一会儿，委屈巴巴地看着我："我不会这样的，你别这么说好不好？求你了，你这么说我会很难过的，我不想去那家公司了，我只喜欢你一个人。"

真孩子气，我赶紧安慰他："好了，我开个玩笑嘛，这家公司这么好，你当然得去了。"

晚上，我们请几个小伙伴吃饭，红树过几天就搬到新公司宿舍那边去住了，算是和大家告个别。小伙伴们虽然有些不舍，但是都为他有更好的工作而感到高兴，反正都还在北京，有的是机会见面。

我们去的是第一次聚餐时的饭馆，有人点了毛肚。我以前不吃毛肚，看他们都说好吃也忍不住夹了一筷子尝尝。

不是很喜欢，但还是咽下去了，并决定以后都不吃它。

大概过了五分钟，我伸手去夹菜的时候红树突然说："你的手腕怎么红了？"

我一看，手腕上确实都红了，而且还在不断地往上蔓延，看起来有点像是武侠剧里中毒时的症状。

"别的地方还有吗？"

我站起来一看，脚腕处也是。

"是过敏。"红树说完就拉着我冲出了餐馆。

"喂，慢一点啊，你干吗啊？"

"去药店买过敏药。"

"那也不用跑这么快吧，好累啊。"我停了下来，发现手腕的红肿蔓延的速度非常快，我的两条胳膊和腿上都红红的，而且开始起疙瘩。

"急性过敏是会死人的！"红树快急疯了，"我记得那边有家药店，你要是跑不动我背你。"

我也意识到了事情的严重性："不用了，我能跑，赶紧跑吧。"

红树拉着我一路狂奔，到了药店买了过敏药，以最快的速度给我服下。

但是红疙瘩依然越起越多，红树急急忙忙打车，准备送我去医院。

"不用了吧，吃了药就会没事的，你不是说你一个大学同学酒精过敏和我症状差不多，吃了药就好了吗？"

红树不放心，坚持要去医院。

赶到医院时，医生早已经下班了，只有急诊部门。而急诊那边，工作人员听了情况后，淡淡地看了我一眼，冷冷地说："急诊没有皮肤科。"

我俩便悻悻地走了。

红树说："再去别的医院看看吧。"

"你可别折腾了。"我笑道，"看医院的工作人员刚刚那个样子，摆明就是没事啊，觉得我俩是痱子当瘟包，一点小问题还跑来看急诊。"

"这哪是小问题。"

"我之前也是被你吓到了，刚刚查了一下，我这种情况是非常轻微的过敏，没问题的，睡一觉就好了。"

也许是夜色太深，又或许是过敏药起效果了。看起来好像好了很多。

红树还是不放心，我俩就在医院附近找了家酒店入住。

到了酒店后，我去洗澡，发现除了双臂双腿，我身上的皮肤都是红色的。不仅颜色丝毫没有变浅，腰上和大腿上也全是疙瘩，还特别痒。我吓得大叫了一声。

"怎么了？"红树关切的声音传来。

"没事，我一向都有点大惊小怪，看到身上的疙瘩吓了一跳。"

"让我看看。"

爱有引力

"等等，我……我没穿衣服啊，你别进来。"

"真是急死我了，你先洗澡吧，我准备叫救护车了。"

"你先别着急啊……都说我这人容易大惊小怪，我仔细看了一下，这些应该之前就有了，只是穿着衣服不知道而已，总之没有变严重。"

我简单洗了个澡，裹了条浴巾就出来了。

红树一直看着我，我有点不好意思。

"放心吧，我没事的，你也去洗澡吧。"我说。

红树洗完澡出来，我躺在床上准备睡觉。

"你累了就睡吧，我就在旁边守着你，你要是有什么情况我马上叫救护车。"

我拗不过他，便睡了。

第二天醒来的时候，他靠在床上看漫画。

我伸出胳膊："不红了欸。"

"难道是好了吗？"

"要不我解开浴巾，你帮我检查一下。"我作势要把浴巾解开，还抛了个媚眼故意逗他。

红树有点诧异："你昨天不是不让看吗？"

昨晚红彤彤的还一身疙瘩，我当然不能给他看。

"呐，这可是你自己不珍惜机会的哦。"我下床走向卫生间，"我自己去看。"

果然身上的红色都褪了，肌肤白皙细嫩。

"好了，一点事都没有了，你就是瞎担心。"

红树松了一口气，总算是褪去了一脸的担忧神色，似乎反应过来什么，嘴角挂着坏笑："是吗，再让我给你检查一下啊？"

一边说一边朝我靠近，吓得我赶紧跑，但房间就那么大，没几下我就被扑倒在床上了。

我"咯咯"地笑着。

"你笑什么啊？"

"笑你是个傻瓜呗，明明我只是轻微过敏，吃点药就没事了，瞧你吓成什么样子了，大晚上的拉着我去医院看急诊，还被人家鄙视。"

"你就尽情嘲笑我吧。"红树厚着脸皮说道，"我就是傻，我就是，怎么了？只要你没事，别人爱怎么想就怎么想。"

四目相对，他的表情突然变得认真起来。

"我真的很害怕失去你。"他说。

♥　03　♥

虽然墨涵一早就说过，我肯定会和红树在一起。但没想到我两正式在一起的日子，就是我从她那儿离开的当天。听我说完，当时就给了我一记白眼。

嘲笑了我半天，才开始祝福我们。

"我们公司也有个男孩儿对我挺好。"她一边吃饭一边说。

我瞬间有了兴趣："有情况？"

"我跟你不一样，我现在对谈恋爱已经没什么兴趣了。"

初恋伤她太深，我理解。

"还没有走出来吗？还是忘不掉？"我问。

"也不是，其实对他已经没什么感觉了，但是那种伤害还是记忆犹新，我已经没有力气再承受一遍这种伤痛了，所以不想谈恋爱。"

"你公司那个男孩什么情况呢？"

"他是北京分公司这边的程序员，对我挺好，也挺照顾我的，我直接跟他说了，对他没意思，但他好像没放在心上。"

我点点头："那应该是挺喜欢你吧。"

"我也不知道，我现在对感情的事提不起兴趣，一心就想着当编剧。"墨涵说，"再说我也辞职了，估计和他也不会再有什么接触了吧。"

我笑了笑："可不要把话说得这么早，缘分这东西，妙不可言哦！"

♥　04　♥

红树突然说："我姐周末要请我们吃饭。"

我一愣："姐？你不是独生子吗？"

"是表姐。"红树解释说他有两个非常要好的表姐，都在北京定居。一个大他十几岁，和姐夫在一个单位，都是公务员。女儿刚高中毕业，考上了国外的大学；另一个大他六岁，在北京念的大学，法律、金融双学位，和姐夫是青梅竹马，结婚的时候在北京买了房，现在也有了孩子，还没上幼儿园。

"你两个姐姐都好优秀啊……"我忍不住感叹道，"是哪个姐姐要请我们吃饭啊？"

"双学位这个，在我朋友圈看到我发的照片，就嚷嚷让我带你去她家吃饭，还夸你长得漂亮。"

我有点不好意思，然后又想到："对哦，你发了朋友圈，那岂不是你全家都看到了？"

"不、不，我屏蔽我爸妈了。"

"嗯？你和你爸妈……关系不好吗？"

"怎么说呢……不是用'关系不好'这几个字可以简单概括的。"红树说，"你想知道的话我以后慢慢告诉你。"

我点点头："那姐姐请吃饭就去呗。"

姐姐很年轻漂亮，看起来和我一般大，身材也很苗条，一点也不像生了孩子的人。

"对了，你们河南……"聊天的时候，姐姐说了这么一句，还没等她说完，我就打断了她的话。

"我不是河南的！我是湖北人！"

姐姐当时就笑喷了，看向红树："你不是跟我说是河南的吗？"

红树扶额："记错了……"

我也觉得蛮好笑，在那儿"咯咯"笑个不停，同时听到姐姐责怪红树怎么回事，连女朋友是哪里人都记错了。

他对我怎么样我心里清楚，所以没有在意这点小事，不过看他被姐姐责怪，那副委屈的模样，还是蛮好玩的。

点菜的时候，姐姐问我有没有什么忌口的，我说没有。红树瞥了我一眼，然后说："她不能吃毛肚，过敏。"

事后我就说他了："你这没必要说吧，就算是点的菜里真有这个，我不吃就行了，其他人可以吃啊……"

红树第一次对我说的话置若罔闻，正色道："你给我记住了，以后只要有人问你有没有什么忌口，不许说没有，一定要告诉他们，你不能吃毛肚。"

拗不过他，只能应允。

过了几天，红树说另外一个姐姐也想请我们吃饭。我故意取笑他："这回你没说我是河南人了吧，哈哈哈！"

红树又好气又好笑，恨不得给我作揖，求我别提这糗事了。

下了地铁，有个小姑娘站在地铁口接我们，小姑娘青春洋溢，满脸的胶原蛋白，见到红树就喊了声："小舅舅。"

红树介绍道："这是我女朋友。"

小姑娘笑容很明媚，叫了我一声："小舅妈。"

毕竟还没结婚，叫小舅妈让我有点不好意思，但小姑娘那热情大方的爽朗模样，让我觉得非常亲切。

很快便见到了姐姐、姐夫，姐姐也比实际年龄看起来年轻很多，长发披肩，气质非常优雅。

人都很随和，吃饭的氛围也很好。点菜的时候，虽然没人问，他还是特意说了千万别点黑毛肚……

这两次见红树的亲人，我没有任何紧张的感觉，特别淡然。可能我当时也傻乎乎的，根本没想太多。

红树就比较有趣了。

我三叔，我爸爸的亲弟弟，他十几岁就离开了老家，一路打拼过来，现在也有了不小的成就，目前在海口定居。

他来北京出差，顺便来看看我，一起吃了顿饭，我自然也带着红树一起。

红树全程特别紧张，平日里有点微微驼背，当天站得那叫一个直，跟站军姿似的。我悄悄握着他的手时，都能感觉到他那种紧张感。

"放松点啊。"我说。

他点点头："嗯。"

实际上并没有放松，我忍不住偷笑。

其实就是一个很简单的会面，三叔本来也是来北京出差的，忙得很，吃完饭他就走了。

这事儿过去了好几天，红树都还有点紧张。

"那个，你帮我打听一下呗。"

"打听什么？"我感觉有点奇怪。

"就是……反馈。"

"什么反馈？"

"就是你三叔，对我有什么评价，有没有什么不满之类的。"

我忍不住笑道："你居然还在想这事儿，他能对你有什么不满啊？放宽心。"

"我这不是害怕嘛。"

"别怕，没有人对你不满，再说，就算有，我也不会在乎的，我是一定要跟你在一起的。"

红树感动地抱住我："你太好了。"

♥　05　♥

红树平时住在公司的宿舍，周五晚上就会过来找我，一起去吃蛋包饭。

我也顺利入职了一家动画公司，但我在这方面并没有什么经验，所以进展很慢。我以为刚开始有点磨合很正常，慢慢的就会顺利。

也许是真的不擅长写动画，也许受挫太多就会质疑自己的能力，我更加不知道该怎么下笔。总而言之，我接近崩溃的边缘。

红树想了各种方法来安慰我，好吃的好玩的，耍宝卖萌讲笑话，统统都没用。

"来，你看着我。"

我抬头看他，发现他双手捂着脸，然后打开双手，做了个表情，再继续捂着脸，打开，换一个表情……

我没忍住"扑哧"笑出了声。

"这在我们那儿是逗小孩儿的……"

"在我们那儿也是啊。"

"我又不是小孩儿，你搞什么鬼啊，要逗去逗小孩儿去。"

"我不喜欢小孩儿，我就喜欢逗你。"

♥ 06 ♥

快到"十一"假期了，我和红树正琢磨"十一"计划，红树突然接到一个电话。

"我妈让我'十一'带你去我家玩。"挂断电话，他对我说，"说是听两个姐姐说了和我们吃饭的事，就特别激动，想见你。"

"那你的意思呢？"

"我听你的，你要是不想去，我就拒绝她。"

爱有引力

  我想了想："没必要拒绝吧，这也不是什么大事，就是去玩一玩嘛，你之前不也带了大学玩得好的同学回家玩吗？这都很平常嘛。"

  "也对。"

  红树听我这么说了，就订了票。

  我晕车，但下午坐车感觉会比上午好点，所以午饭后才出发。坐了四个多小时的动车到了盘锦，天色已经黑了。

  红树说他爸开车来接我们。出了站，发现他妈妈也一块儿来了，两人都戴眼镜，看起来很斯文的样子。

  上车后，红树说我晕车，叔叔便开得慢了些。

  大约一个小时的样子，我们到了红树家，地段略偏的一个新小区，但很安静。

  因为不太喜欢送人烟酒之类的，提前问了红树，得知叔叔喜欢象棋、围棋、桥牌等娱乐项目，尤其喜欢象棋。便准备了一副玛瑙象棋作为礼物。

  叔叔很喜欢我给他的礼物，开心地收下了。叔叔给了我一个红包，说是盘锦的习俗，我就没推辞，回头就给红树了。阿姨也给我准备了礼物，是一条项链。款式很不错，我挺喜欢的。

  很久以后我才知道阿姨去金店转了几次，但不知道买什么样的款式送我，怕自己年纪大了和年轻人审美有差异，拜托了在北京的"双学位"姐姐帮忙买的。

叔叔阿姨怕我们路上辛苦，就让我们早点去休息。

房子是复式楼，上下两层。一层是客厅、厨房、洗手间、车库，还有叔叔阿姨的卧室。二层有两个卧室，大概都是五十平方米的样子，带衣帽间和洗手间，区别是一间放的床，一间是打的榻榻米。阿姨让我挑一间房住，我选了有榻榻米的房间，阿姨就让红树睡放床的那间。

进到房间我就惊呆了。

情侣款浴袍、睡衣和家居服，情侣款拖鞋，情侣款漱口杯和牙刷，情侣款水杯，而且都是红蓝配色的情侣款。只有毛巾全是红色的，一条图案是老公，另一条图案是老婆，十分接地气，不过还算温馨。

除此之外，洗手台上准备了全新的保养品套装，还有新的发梳、香水等所有用得上或用不上的东西。

这也准备得太周到了吧……我在心里默默惊叹的时候，听到红树说："可怕，太可怕了……"

"啊？什么可怕？"

"当然就是这些东西可怕啊！"红树指着我俩身上穿着的家居服和拖鞋，然后又指向洗手间里的那些东西，"这都是什么啊！"

我感觉奇怪："情侣款……没问题啊……"

　　"没问题吗？你仔细想想。"红树说，"你现在是我女朋友，我们还没结婚呢，他们就弄这么些东西。你看那毛巾，什么老公老婆的，不太合适。这是要做什么呢？不管三七二十一，强行把人当儿媳妇……只有你简简单单的不爱多想，要是别的姑娘看到这架势，说不定当场就吓跑了。"

　　"不会吧……有这么严重吗？"

　　"有啊，有这么严重！"红树的表情里满满都是我读不懂的严肃，"之前明明说的是带你来盘锦玩一玩，可我妈准备的这些东西，有种逼婚的感觉。"

　　我还是无法理解他。

　　"虽然是夸张了一点，但是我觉得这都是叔叔阿姨的一番好意，你会不会是想太多了？"

　　红树摸摸我的头："那是因为你没有和他们长期在一起生活，不了解他们，还有就是你太好了。你永远都把别人往好的那一面去想，这也是我为什么这么喜欢你的原因之一，可是，你也要学会保护自己啊！"

　　我轻轻地抱着他："好了，没事，我会保护自己的，你也别纠结你爸妈准备的这些东西了，他们并没有错，只不过第一次见你带女朋友回家，过于紧张和激动罢了。你也没有错，你不是故意去恶意揣测他们，只不过在过去的二十多年里，他们没有给你足够的安全感和信任感而已。所以即使他们现在开始改变，开始关心你和在乎你，你也不会感动，而是觉得很不习惯、很不舒服，甚至觉得他们带有某种目的。"

"嗯……是你说的这样。"红树有点委屈地说，"我就是怕你被他们吓到了。"

我才没被吓到，是你被吓到了，好吧！但我后知后觉，红树是怕我有无形的压力，他拥有强烈的共情能力，设身处地站在我的角度上看待所有一切，生怕我被吓着或者不自在。

♥ 07 ♥

红树回了那边的卧室，我正准备关门，看到红树抱着枕头向我跑过来。

"干吗？不是说好一个人睡一间房的吗？"

"我要跟你一块儿睡。"

也好，那就一块儿睡吧。

红树乐呵呵地把枕头放在我枕头旁边，然后抱着我躺在榻榻米上。

"啊，抱着你的感觉真好，这就是家的感觉吧。"

我有点懵："我们现在就是在你家啊……"

过了一小会，我听到他说："这套房子是我爸妈在我读大二的时候买的，我小时候也不住这儿，说真的，我一直都不觉得这

是我家，直到你在这里，我第一次在这套房子里，有了家的感觉。以后，你在哪儿，哪儿就是我的家……你的身体好柔软好暖和，抱起来好舒服啊……"

他的声音越来越轻，说着说着就睡着了。

记得红树说过，他还很小的时候，特别害怕一个人睡觉，他爸爸丢给他一本《山海经》，让他看上面的图片助眠。红树说那本书上画的妖怪非常写实，一点艺术加工都没有，画面特别恐怖，他看了就更害怕了。一闭上眼睛，脑子里就会冒出各种各样可怕的怪物，他吓得睡不着。

这样的状态一直持续到他读小学二年级。

某一天，他晚饭后去小区开的培训班补习，补习完已经天黑了。他回家的时候，突发奇想去报刊亭看了看，看到了一本叫《漫画派对》的杂志。随手一翻，当时就迷上了，立马掏出零花钱买了下来。

从此，就喜欢上了漫画。

后来他晚上睡觉，又因为脑子里出现幻想的怪物而害怕得睡不着时，他就会想起漫画里主角对付怪物的画面。他第一次知道，原来还可以打回去啊。于是，他就在幻想里和那些怪物搏斗，慢慢就不害怕了。

可以说，是漫画解救了这个孤独又无助的小男孩。这也是为什么，他长大以后特别喜欢漫画和写幻想类故事的原因。

我亲了亲他的额头，真希望他每一个夜晚都有甜甜的梦，实在不行，我希望我是那个可以和他并肩作战，打跑怪物的女战士。

♥　08　♥

去红树家并没有闲着，被阿姨以各种理由拉着，一家一家走亲戚。

见完亲戚之后开始见发小和同事。

红树说："你现在该知道，我为什么看到那些绣着'老公、老婆'的毛巾那么过激了吧？"

我一脸迷惑，还是不知道。

红树给我解释。

我是作为红树的女朋友，来他家玩。诚然，我们很爱对方，是奔着结婚去的，但是这次见面已经说好了，只是假期过来玩一玩，并不是很正式的见家长准备谈婚论嫁。往直白里说，我不是去他们家让他爸妈以及各路亲戚朋友"审核"的。

红树说："对不起，委屈你了，我就不该同意假期带你来家里玩的。"

我笑了笑："没有啊，我没有觉得委屈。"

"真的吗？"红树又问了一遍，我认真地告诉他真的没有。

他抱着我："那就好，我不想你在我家受到任何一点委屈，

如果你觉得不舒服，一定要告诉我，我马上带你回北京。"

"这些真的不算什么委屈，反倒是因为这些，我更加了解你，了解你的生活、你的过去，也了解到你如今这样的性格是怎么养成的，这不都是好事吗？。"

"你太好了。"红树又忍不住感叹，"世上怎么有你这么好的女孩儿呢？总是能看到事情好的一面，还特别擅长站在别人的角度着想，去理解和宽容别人。"

"好了，别老夸我，我会骄傲的。"

"我其实是想说，你不用非得顺着我爸妈他们的，而且我舍不得你受委屈，就算你自己不觉得委屈，我也舍不得。"

"还好了，我又没有勉强自己，他们做的这些确实是能理解嘛。"我说，"原生家庭环境对一个人的影响太大了，你现在的性格不就是你爸爸妈妈造就的吗？我不也一样接受和包容了吗？你爸爸妈妈也是一样，他们在成长过程中也受到了原生家庭的影响，尤其是你妈妈，从小就没有父母，真的很可怜。他们本质上都是很好的人，只不过有些缺点罢了，谁还没有缺点呢？你也要多体谅他们才对啊。"

红树不说话了。

"怎么了？我说错话了吗？"

"没有，我会尽量试一试的，去理解他们，包容他们。"红树说，"只要是你说的话，我都会很认真地对待。"

第七章

你的优点我都崇拜，
你的缺点也很可爱

爱有引力

红树也有特别好玩的一面，明明很聪明，却是个算术白痴。

当漫画编辑上手很快，前期负责项目策划、组建团队，之后是审稿、把控质量、和平台沟通，签约之后跟进进度、协助平台宣传等，这些他都没问题，唯一有点烦心的就是计算稿费。他算不明白，经常算错，所以每次都要算好多遍。

我忍不住笑了起来。

"算稿费多简单啊，哈哈哈。"

红树一脸傲娇又带着些许委屈的模样："我就不会算，怎样？"

"好吧好吧，其实我能理解的，就跟我是路痴和怎么都学不会开车一个道理。"

我又问他："在公司和同事们相处得怎么样啊？"

"挺好的啊。"

"那有没有小姐姐喜欢你？"

"当然没有了。"他回答得斩钉截铁。

"为什么？"

红树说："因为她们都知道我是个老婆奴。"

"嗯？什么情况？"

询问之下，我了解到了他和公司里小姐姐的一些日常对话片段……

和某主笔打招呼。

"早啊，你戴的这款猫爪手套很好看啊。"

"谢谢。"

"我女朋友肯定也喜欢，你给我个链接呗，我想买了送给她。"

还有某上色、编辑、勾线……

"欸，你的这个XXX很好看啊……我想买给我老婆……"诸如此类。

怪不得这段时间没事就给我买可爱的小物件，我还好奇，他怎么这么懂少女心……

"你这样她们不会烦你吗？"我忐忑地问道。

"没有啊，她们都挺乐意分享链接。"

"那就好……"

♥　　02　　♥

因为各种原因，我辞职了。

"红树，得靠你养我了啊。"我装作可怜兮兮的样子看着他。

"好哇！"

"这可是你说的，从今以后我就赖着你了，吃你的喝你的住你的，自己挣的钱都攒着，就花你的钱。"

"可以啊。"

我故意逗他："嘿嘿，我可是很无赖的啊！如果你什么时候后悔了也来不及了哦，我会一直死皮赖脸地缠着你，赶都赶不走的那种！你怕不怕啊？"

红树的笑意涌上眼角眉梢："你要真这样我做梦都会笑醒。"

原本还在嘻嘻哈哈的我瞬间愣住了。

感动中还带着一丝心疼，原来他爱得那么深沉，只要我愿意永远跟他在一起，即使是如我这般蛮横无赖，他也甘之如饴。

红树见我不说话，明显有几丝失望："果然是假的，你是不可能死皮赖脸缠着我的，死皮赖脸的永远只有我。"

"那可不是哦！"我钻进他怀里，蹭了蹭他的胸口，"我现在就赖着不走了。"

红树搂着我，笑得特别开心。

♥ 03 ♥

墨涵从横店回来后，我俩约出来吃火锅。

"对了，你之前说的那个同事，就是听说你不舒服就请假去横店看你的那个，什么情况啊？"我一脸八卦地看着她。

"姓廉，大我两三岁吧。"墨涵说，"他对我很好，我也很感动，但是跟他待在一块儿，我没有和前男友在一起时的那种感觉。"

"这个正常，初恋嘛，总是会特别一点。但，也不是只有初恋才是美好的，对吧？"

墨涵笑了笑："也是，至于以后怎么样，看缘分吧。感情的事我懒得多想了，现在满脑子都是我的理想，我的编剧梦。"

"加油！"我举起杯子。

"加油！"

清脆的碰杯声，虽然我们喝的只是大麦茶，却硬是喝出了白酒下肚的气概。

回到家，我仍然热血沸腾。

红树告诉我一个好消息，公司开发新项目，缺编剧，因为红树之前有编剧作品上过杂志，就让他兼职做编剧。虽然工作时长没有变，但每个月因此多了一份工资。

"要不然你先待着，写一些自己喜欢的东西，等过完年再找工作。"红树说。

我不想这样，摇了摇头说："还是想试着找找，实在不行再靠你。"

"说好的赖着我呢，你是怕我靠不住吗？"又是莫名一张委屈脸。

"当然不是啊。"我揪了揪他的耳朵，"以后不要这么不自信了，你明明是个很棒很棒的人啊。"

"真的吗？"

"真的啊，别人怎么看我不知道，反正在我心里，你就是最棒的。"

"嘿嘿嘿。"红树又傻笑起来，"你才是最棒的。"

"我都失业了还棒啊？"

"对啊，你不管怎么样都是最棒的。"他特别真诚地说道，眼睛里好像有星星一样，亮闪闪的。

♥ *O4* ♥

投了很多简历，辗转于偌大的帝都，四处面试。

十二月十八日，红树的生日，那天是工作日，红树正常上班，公司买了蛋糕为他庆祝，但我还是在他喜欢的好利来蛋糕店订了一款慕斯蛋糕。

接到面试官复试通知的时候，蛋糕刚送到，红树也快下班了。

我在微信上和他说了复试的事，然后问他："要不要去？"

"你想去的话，我陪你去。"

"我有点想去看看，但是你今天过生日啊，去的话，就只能等回来才能吃蛋糕了。"

"没关系啊，你想去咱就去。"

我和他在地铁站碰头，没吃饭，就一起过去了。

八点准时到那儿，公司里空荡荡的，约莫过了十几分钟，另外两个编剧也到了。一个是男编剧，一个人来的；还有一个女编剧，也有一个男生陪同。

他们都是吃过饭来的，我和红树还没吃。

幸好包里带着零食，可以先垫一下肚子。红树的胃不是很好，需要按时吃饭，否则会不舒服。自从跟他在一起之后，我就养成了随身携带零食的习惯，以备不时之需。

几个人闲聊了很久，负责人也接过几通电话。因为老板太忙了，换了一个地方继续等待。大概十点钟左右，老板才来，直到午夜十二点才结束。

整个过程，红树一直在隔壁房间安安静静地等我。我心里很难过，红树二十四周岁的生日也结束了，我买的蛋糕还孤零零地搁在家里的桌子上。

一路上我特别自责，因为错过了红树的生日。

"别不开心了，没事的。"红树一直握着我的手宽慰我。

"早知道不让你陪我来了，明天你还要上班呢。"

"不是这样的！"红树一眼严肃，"越晚我越是得来，要不然我在家都担心死了，你可别瞎想，生日不算什么，你以后要是有什么事，必须叫我陪你，记住了吗？"

"哦……"我低低地发出声音。

爱有引力

"别哦了，认真一点，记住了没有，没记住我再说一遍。"

"记住了。"

红树揉揉我的脑袋："真乖。"

"对了，虽然已经过了时间，还是祝你生日快乐哦！"

"跟你在一起，我每天都很快乐。"红树附在我耳边说。

半个小时后，车停在了小区门口。

幸运的是，下车没多久，我就接到了负责人的电话，说我和另一个女编剧被录取了，让我下周一去公司报到。

到了家，慕斯蛋糕已经有点化了。红树简单切了一点，我俩就开始吃起来。

虽然很饿，还是尝得出来口感不太好，但红树吃得很开心。

我有些懊恼："忘了屋里有暖气，温度高，我应该放在冰箱里的！"

"没关系啊，挺好吃的。"

"要不然明天重新买一个，给你补过生日好了。"

"不用，反正再过两个星期就是你的生日了，到时候又有蛋糕吃了。"红树笑嘻嘻地说，"如果你想补偿我的话，可以换点别的啊？"

"好呀，你要什么？"

红树把我扑倒在床上："我要抱着你睡。"

"就这吗？"我觉得这要求也太简单了。

他却很满足："能这样抱着你，是我活在这世上最大的动力。"

周末在家无聊开始追剧。

红树挪到我旁边，一声不吭。

"你……干吗呢？"

"排队。"红树说。

我更迷惑了："排什么队？"

"等你看完剧，我想抱抱你。"

这傻子，想要抱抱就说啊，还跟电视剧排队……

我抱着他摇啊摇的："电视剧当然排在你后面啊，你想抱多久就抱多久，抱完了我再看电视剧。"

某天我接到了一个新的项目，只是打开资料一看竟然是我没有接触过的题材，硬着头皮研究了下资料，心里一点底都没有。

"我压力好大，怎么办……"我一脸愁容地看着红树。

"逛街可以解压，我陪你去逛街吧？"红树说，"不是说女

生都喜欢男朋友陪着逛街吗？我其实一直等着你叫我陪你逛街，帮你付钱啊，拎东西什么的，但是你……"

"我根本就不爱逛街，买东西都网购啊。"我看着他，"不过既然你这么有兴致，那就去吧！"

两人收拾妥当，就手拉手出去逛街了。

我逛街的画风确实有些清奇，什么衣服、首饰、包包都不喜欢看，尽往儿童区钻，这些想要，那些也想要。

红树给我买了我就别特开心，但持续不了多久，就玩腻了。

"给你吧，我不想玩这个了。"

红树无奈："我也不想要啊……要不然，你找个小朋友送出去吧。"

"好主意！"

随手送了出去，看到小朋友喜笑颜开的样子，我也获得了极大的快乐。红树也觉得，一件小东西换来我两次开心，非常值。

♥　　07　　♥

红树和他爸妈本来有个小微信群，阿姨就让红树把我也拉了进去。叔叔阿姨在群里问我什么时候放假，什么时候和红树一起回家过年。

我和红树说："过年去你家不合适吧，我觉得还是各回各家比较好。"

"我今年不想回去。"红树说，"我觉得待在北京就挺好的。"

"不回去过年不好吧……"中国人的传统就是要回家过年啊。

我们正聊着，手机响了，是我妈打来的。

妈妈说她和我爸已经在海南，今年就在那儿过年，我看着留守在北京的红树，决定留下来陪他。

红树脸上瞬间就绽放了笑容，两人开开心心地去扫年货。然而没过两天，"双学位"姐姐那边传来消息，她的公公去世了。我和红树怀着沉痛的心情去参加了葬礼。

葬礼结束后，姐姐问起回家过年的事。

红树据实相告："我们打算在北京过年。"

"怎么能不回家过年呢？"姐姐很惊讶。

因为刚失去亲人，姐姐感触良多，说了很多子欲养亲不待的道理，我们也很受触动。最终我们答应了姐姐一起回家过年。

叔叔阿姨见到我们，都乐开了花。

和上次一样，阿姨早早就铺好了楼上两个房间的床褥。也和上次一样，红树还是晚上和我一起睡榻榻米。

"我感觉你爸妈还蛮注重隐私的啊。"我说，"我们住在楼上，他们就从来不上楼，有事就在楼梯口喊一声。"

"那是因为你在这儿，如果是我一个人，他们不是这样的。"

我嘻嘻笑道："看来我的作用很大嘛！"

"那当然了，如果不是有你陪着我，我可能不会回来过年的。"

红树一下把我拽到怀里："反正，我只想和你待在一起。"

♥　08　♥

除夕夜很快就到了。

在我老家湖北麻城，过年是要吃肉糕的。听妈妈说我哥在海南也试着做了，很成功，让我有些羡慕。

叔叔阿姨按北方习俗包了很多饺子，听我说起这个肉糕后，在网上搜索做法，又继续在厨房忙碌，给我做肉糕。

我心里很感动。

去楼上和红树说了这件事，说觉得叔叔阿姨人真的很好，我不过是随口提了提家乡过年吃的食物，他们却这么上心。

"爸妈对我并不会这样。"红树说。

"可是，你爸妈看起来很在乎你呀。"我也有点迷糊了，忍不住感叹道，"人真的是复杂的动物。"

"人就是很复杂，这个世界上大部分人都是这样的，但是你不一样。"

"我？我怎么不一样了……"

"你是一个很纯粹的人。"红树说。

纯粹的人？好像是第一次有人这样形容我。

"到底纯粹的人，是一种什么样的人呢？"

"我也不知道怎么说，反正纯粹是一种特别美好的品质。"红树说，"就比如《哆啦A梦》里的男主角大雄，大雄有很多缺点，学习成绩也不好，懦弱胆小，丢三落四等等，但是他很善良，是一个'为别人的不幸而伤心，会祈求别人幸福的人'，所以很多人都非常喜欢大雄这个人物。在我看来，大雄就是一个很纯粹的人。"

我似懂非懂地点点头。

"你的纯粹更多的表现在你为人处世上。大家都知道社会复杂，人心难测，就是老话说的'防人之心不可无'。我们在社会上摸爬滚打越久，就越容易受到影响。被骗过、伤害过，可能变得不再轻易相信他人，更可怕的是有些人还会慢慢变成自己曾经讨厌的人，被伤害过就去伤害其他人。但是你绝对不会这样，你被一个人欺骗过最多就不再相信这个人了，之后再认识，遇到新的朋友，总是先设定他是好人，如果发现他不是，再改变你对他的看法。而大部分人，是做不到这样的。因为你很善良，总是怀着一颗包容、诚挚的心去对待任何一个人。"

"这是性格问题吧，说不上好还是不好。"我说，"我这样可没少让我爸妈操心，说真的，也是我运气好，总是碰上好人，要不然后果不堪设想。"

"我也没说这样就好，只是我喜欢，我喜欢你的纯粹，喜欢

你的一切。"红树笑了笑，"你就放心保持你的纯粹吧，我会保护你的。"

两人正闲聊着，就听到阿姨喊肉糕做好了，让我们下楼去尝一尝。

我便拉着红树到楼下去吃肉糕。

和以前吃的口感有差异，不过还是觉得很好吃，满满的都是幸福。

第八章

一起吃苦
的幸福

爱有引力

忘了具体是哪一天搬到一块儿去住的，只记得是我辞职之后没多久，红树的项目顺利开展，于是，两人非常大胆地一起当自由编剧。

搬家那天很兴奋，直到吃晚饭的时候，我突然意识到……这样的话，那岂不是以后我起床蓬头垢面的样子就会被他看到？！

红树看了看我："安心吃饭吧，我近视，还选择性瞎，不该看到的画面我都看不见。"

我吓了一跳，怎么我在想什么他都知道？难道是偷偷学习了心理学吗……

"你什么意思啊？"我故意说，"说好爱的是我的灵魂呢，怎么现在变了，开始在乎皮囊了？"

"我根本就没有在乎这个，你什么样子我都喜欢，选择性瞎是因为你在乎，你不愿意让我看到。"

我当时就震惊了："你怎么会……这么懂女生的心理？"

红树一脸平淡："我没有，我只是懂你而已。"

和红树在一起后，收获了不少兴趣爱好，漫画就是其中之一。

172

"我大四那年突发奇想写了一个短篇漫画，当时完全不知道怎么下手，是一个在网上认识的漫画编剧手把手教我的，有一次甚至还给我讲了一个通宵。"

　　"你们这个圈子也太有爱了吧，我也要写漫画！"

　　红树非常欢迎："好啊！来啊！"

　　"就是不知道我能不能写好，毕竟都没怎么看过漫画。"

　　"你肯定可以的。"红树说，"我上次那个大纲不就是你帮我改了一遍才那么顺的吗？你最棒了！"

　　我笑了笑，随即让红树给我推荐了一些漫画，开始恶补起来。

　　原来漫画真的很好看啊！

♥　03　♥

　　墨涵和廉先生在一起了，没想到进展这么快，我有点小意外，但更多的是开心。

　　"怎么在一起的？快给我讲讲。"

　　"也没什么特别的，就是想给彼此一个机会。"墨涵说道，"不试试怎么能知道行不行呢，就好像你和红树，刚开始你也是一头扎进去，我还怕你受伤害呢，现在看你们两个，多好啊。"

　　"你终于愿意敞开心扉了。"我感觉很欣慰，表情也变得浮夸起来，"去爱吧！就像没受过伤一样！"

173

爱有引力

墨涵被我逗笑了，随即又轻轻叹了一口气："只是我还是说不清自己喜欢他什么，有时候在想会不会只是感动而已？想到这些就会很纠结。"

"别纠结了，喜欢一个人有时候是没有道理的。"我鼓励她，"不要害怕，放松下来，好好享受恋爱的乐趣吧！"

爱情是勇敢者的游戏啊。

事后我有机会见了一次廉先生，和我想象中的形象差不多，看起来稳重踏实，两个人之间的相处也十分温馨，也就放心了。

♥　04　♥

每次累的时候，我就喜欢到红树的怀里吸取能量。

红树靠在一旁看漫画，怀里抱着他送我的小熊玩偶。

我顿时化身为小恶魔，罪恶的双手伸向小熊，把它从红树怀里揪了出来，并狠狠地扔向了沙发。

"你……干吗呢？"

"臭熊！竟然敢抢我的位置！"

红树还一脸蒙的时候，我已经趴在他怀里："这里是我的专属位置！"

"好好好，是你的专属位置。"红树摸摸我的头。

"以后你不许抱小熊！只能抱我！听到了没有！"我点着红

树的鼻子说。

红树笑道："你啊，就是家中一霸！"

我听到尾音是"ba"，一时没忍住嘴欠，应了一声："哎！"

红树一副"你完了"的表情。

"我错了，我错了，你饶了我吧……啊啊啊，救命啊……"

♥　05　♥

我在做一个电影项目，红树自然还在做他的漫画项目。

有天吃完晚饭一起出去散步，同时可以互相聊聊剧情，来一番头脑风暴。

我们聊到了另一个层面，红树说："我觉得漫画绝对是最适合表现故事的……"

我立马打断了他的话："不不不，这是因为你了解得不够全面，小说、影视、漫画等等，在表现故事上的形式是各有千秋，不存在'漫画最适合'这种理论。"

红树点点头："好吧。"

我趁机继续说教。

"还有，凡事都不要带上'绝对'这两个字……不过嘛，如果你非要认为你女朋友绝对是最漂亮的，我倒是可以接受。"

我以为抖了个机灵，然而红树迅速模仿我刚刚的语气："不

爱有引力

不不，这是因为我了解得不够……"

♥ 06 ♥

哥哥这段时间遇到了一点困难，有天问我借钱。电话里说了一大堆，我迷迷糊糊也没听太清，反正都是教训我的话，硬是把我给说哭了，我心里特别愧疚，觉得自己不懂事。

据后来红树描述，当时他在一旁看着这一切，感觉非常诡异。

第一次看到有人借钱，把借主一顿训斥还给说哭了的。

红树非常生气，他见不得任何人让我受委屈。

挂断电话后，他问我，我哥说了什么，我大概陈述了一下，他气得青筋暴起，恨不得当下就把我哥给揍一顿。

我安慰他："别气了，他毕竟是我亲哥，血浓于水。"

"然而水的浓度并不高，比水浓又能怎么样呢？我不允许任何人这样欺负你。"

"我哥是不对，我也想骂他，但是……你这样会不会太冷漠、太无情了……"

红树表情严肃："对不起，我原本就不是什么博爱的人，我的爱很有限，只有对别人冷漠，才能对你有情，就算你不认同我，我也还是这样。"

"我……"

"你放心，我不会阻止你帮助你哥，也会尽可能地帮你，前提是，他不许再欺负你，吼你。"

而关于我家那边，传来的消息一个比一个坏，我爸在电话里非常急。

我哥做生意亏了不少钱，连拆迁款也都用完了，还负债不少。

我安慰完爸妈，自己心情也十分低落。

"没事，有我在。"红树握着我的手安慰我。

简简单单几个字，却给了我很大力量。现在回头想想，家里出这么大的事，如果不是有红树，我可能早就崩溃了……

我尽我所能提供了帮助，不凑巧的是，红树项目上也遇到了一点问题。

不得已，我和红树开始节衣缩食。

我至今还记得，我们在超市里寻找最便宜的食物当早餐，红树看到一款打折的面包后激动地说："这个超级好吃！我小时候吃过的！"

我一看价格，五个小面包，才两元五角钱！我们有救了！

两人当时乐得在超市里互相拥抱了一下，还忍不住蹦跳、欢呼了起来。

这个小面包被我命名为"魔法小面包"，每隔几天，我俩就

手拉手去超市采购一批。

红树看我乐呵呵的样子反倒心疼不已。

"对不起啊，都怪我，让你过得这么辛苦。"

"说什么话呢？明明是我连累了你。"

"我们之间没有连累。"红树看着我，认真地说。

"我觉得吃魔法小面包很好啊！"我做了个很中二的动作，"很适合我这种马猴烧酒④！"

"要不然我还是跟我爸妈要点钱好了，以后还给他们。"他说。

那个夏天，红树爸妈没事就在群里发消息，什么北京很热啊，回盘锦玩玩呗；什么缺不缺钱啊孩子，有需要就说哦之类的。

我不想要他们的钱，我知道红树更不想。可是他却为了我，说出了这样的话。

"先不用，我们有魔法小面包啊！"

红树摸着我的脸："我倒无所谓，真的是不舍得你吃苦。"

"哎哟，其实吃点苦也没什么不好啊。"我一脸轻松的样子，"你知道我以前在武汉是做记者的吧。"

"知道啊。"

"我跟你说啊，我那时候采访的都是我们湖北艺术界的名人，什么演员、作家、画家等等，采访之后要写采访稿的，所以采访提问就非常关键。我们最喜欢问的问题不是他怎样达到那些成就

---

④日语的音译词，指"魔法少女"。

的，而是问他们在成功路上遇到的阻碍和困难。为什么呢？因为这些才是看点啊！有了这些会让采访稿读起来更加有深度！"我转了一个圈继续说，"所以你懂了吧，一个人如果一帆风顺，即使是获得了成功，大家也觉得是大多靠运气，就没有那么大的励志感了是吧。所以我们现在过这些苦日子是有好处的，要是以后我们也有机会被采访，我们也有现成素材可以说了！我觉得非常有曲折，非常励志！搞不好这个魔法小面包会被我们带火了，哈哈哈！"

我这么一本正经地说着，总算是把红树给逗笑了。

"能让我在这种情况下还能发自内心笑出来的人，全世界也就只有你了。"他把我拥在怀里，轻轻地说。

第九章

自从遇见你，
人生苦短甜长

♥ ○/ ♥

　　我和红树一起开启了新的项目，因为工作量比较大，红树干劲十足，特别拼。

　　经常我早上醒来的时候，他都已经写了好几千字了。

　　写正文的同时，他还在想新的大纲。这么连续一个月，可把红树给累坏了，加上魔法小面包没有给他足够的营养魔力。

　　红树生病了。

　　刚开始是感冒，后面慢慢变成炎症。虽说不是什么大病，但整个人看起来非常虚弱。

　　我每天给他端茶递水，提醒他按时吃药，就差给他喂饭了，红树一副很享受的样子。

　　刚有点好转，红树就又要开始工作，被我严厉制止了。

　　"你现在是一棵病树，小命掌控在我的手里，所以你必须听我的，我让你休息你就得休息，不准你写稿子就不准写，懂了没？"

　　"懂了，大姐头。"

　　好家伙，又给我取了新的昵称，行吧，"大姐头"这个称呼我还是很喜欢的，但是鉴于他有简化昵称的习惯，我警告道："叫大姐头可以，但是！你不准简化成'大姐'，否则我跟你急。"

　　于是——

181

爱有引力

"大头啊……"

这破孩子，生病了还这么皮！

♥　02　♥

在照料红树期间，我开始尝试了游戏剧本。

写的大纲没问题，编辑很快就找来了："这个故事我很喜欢，样章什么时候给我？"

最后定了这周五出样章，我有些发愁。

游戏剧本我见都没见过，游戏我也没怎么玩过。什么端游、网游、单机游戏，我完全不了解。

红树很惊讶："你以前没看过漫画就算了，居然连游戏都没玩过？"

"我没有那个条件，你小学的时候家里就有笔记本电脑，而我读高二才第一次在网吧见到台式电脑。后来手机也可以玩游戏，但是一直没那个习惯，就连《三国杀》，也是我大学室友拉着我陪她玩才学会的。"

红树摸摸我的头："心疼。"

"我的童年就是各种干农活，什么插秧割稻子，种棉花收麦子之类的。"我回忆道，"唯一的娱乐就是看电视，真的，连课外书都没得看，更别提漫画了，所以我长大以后还是很喜欢看电视剧，喜欢写影视剧本。"

"懂了，所以……要不要试试玩游戏？"

我在红树的指导下，把各种类型的游戏都试了试，确实觉得有趣，也对游戏有了初步的了解。

但是玩归玩，我还是不会写。

我据实跟编辑说了，编辑给我发了一个样稿。我打开一看，各种选项，各种分支，把我都看晕了。

红树看了一眼，一下就明白了。

"没事我可以帮你。"

"还是别了，你病刚好，不能再累着了。"

"我是帮助你分出选项和搞定一些互动环节，具体情节台词还是你来写。"

我一寻思："那可以啊！"

在红树的帮助下，我写出了样章，而且觉得写游戏剧本其实很好玩，因为红树我又多了一项技能。

嗯，养活我们的技能。

♥　　03　　♥

又是一年入秋，北京的雾霾又来了。

红树爸妈在群里问我们有没有时间回盘锦，说家里另一套房子要装修了，准备用来给红树结婚用的，所以要我们一起参与装修。

"要不然回去也行，这大雾霾天的。"

"盘锦也有雾霾。"红树说。

"你爸妈从夏天念叨到秋天了，就是想你回去看看他们，估计是想你了。"

"可我不想他们，我也不想要他们的房子。"

"我知道。"我握着他的手，"我们不要你爸妈的任何东西，但你是他们的孩子，应该回去看看他们。"

"这个问题困扰我很多年，我也觉得我应该这么做，就这样'应该'来'应该'去，不知不觉我已经妥协这么多年了。"红树和父母的感情一直很微妙，我也一直没有过问。这次我打算仔细摸清红树的心结。

"其实，很多人都和亲人有些小矛盾，就拿我来说吧。"我低下头，"我爸妈虽然并没有重男轻女，我爷爷奶奶也很疼我，但是我哥自踏入社会以来，有各方亲戚的支持，而我什么都要靠自己。可是，当我回想起他们以前对我的好，我就觉得还是很爱很爱他们，根本就不在意这些事了。"

"你看你能回想起他们对你的好，这就是不同的地方。"红树的笑容有些悲凉。

我有些震惊，这不可能吧？天下没有不爱孩子的父母啊。

"你有没有想过，或许就是因为你没有敞开心扉，所以才感受不到呢？"

"也许吧，我不知道。"

"给自己一个机会，也给你爸妈一个机会，好吗？我陪你一起，去和他们一起生活几个月，你试着先暂时放下你对他们的排斥，敞开心扉去接纳他们。但你也不必勉强自己，就是试一试，而且你只需要试这一次，过了这一次，如果你还是不喜欢他们，不愿意和他们一起生活，我绝不多说什么，保证和你共进退！"

红树想了想，说："好。"

"嗯，那接下来就商量买什么礼物了！"

"礼物？"

"对啊，给叔叔阿姨带点小礼物，你有什么建议吗？"

"我妈腰不好，拖地比较困难，要不然买个扫地机器人？"

我笑道："这不是挺孝顺嘛，还知道妈妈腰不好，是这些年伏案工作落下的吧？"

"打麻将打的。"

"……"

"额……那就扫地机器人，再想一个别的……"

♥ 04 ♥

叔叔阿姨看到我们很是开心，收到礼物更是乐得合不拢嘴。

185

爱有引力

　　"在家待几天啊？"吃饭的时候，阿姨问。

　　"估计能待到装修结束吧。"我说，"我们的工作可以在家做。"

　　"你们工作不需要坐班啊？"阿姨又惊又喜，"那太好了！"

　　我赶紧解释："不是，就是这段时间不用，如果项目做完需要谈新项目，那还是在北京比较方便的。"

　　"那能待到过年吗？"

　　"应该能吧……"

　　"哎呀，真是太好了！"

　　叔叔阿姨实在是太激动了，恨不得马上宣告全世界，他们的儿子带着女朋友回家了，而且会一直待到过年。

　　通常红树爸妈下班后无聊，就会去红树姨家打扑克，打的是风靡盘锦的"窜火箭"[5]。

　　我们回去后，叔叔再接到红树姨打来约打扑克的电话，就会拒绝。大意就是说孩子们回来了，现在人刚好够了。

　　"窜火箭"，标配正是四个人。

　　因为之前对我的承诺，红树调整了自己，也很配合地陪他们打扑克。

　　于是，每天晚饭后不久，不管是在看电视、聊天，还是干别的，总会有一个人在恰当的时候，像接头暗号一样幽幽地来一句："窜

---

⑤ 流行于中国北方的一款扑克游戏。

不？"

"窜啊！"马上就有人接话，兴致高涨。

然后，铺桌子的铺桌子，准备茶果点心的准备茶果点心，拿记分牌的拿记分牌，一切就绪，"窜火箭"就开始了。这个打法是两人一组对战，我们就以男女分组了，我和阿姨一组，红树和叔叔一组。

红树爸爸兴趣爱好广泛，什么象棋、围棋、桥牌、台球都打得不错，属于市里能拿奖的那种，"窜火箭"就不那么厉害了。而红树妈妈只会打麻将和扑克，尤其是扑克玩得精，所以在我们里面是技术最好的。

我虽然是初学者，没什么技术可言，但是架不住抓牌运气好，把把能抓到"火箭"，被称为"箭不离手"，有时候甚至一把抓到两套"火箭"，把他们都惊呆了。

一个技术碾压，一个幸运儿附体，我和阿姨组成的战队毫无疑问一赢再赢。红树爸爸实在受不了了，决定瓦解我们的最强联盟，改成用 CP 分组。他和阿姨一组，我和红树一组。

有输有赢，这下大家玩得更有意思了。

❤ 05 ❤

这一次去红树家，没有之前那么拘谨了。看到电视柜上放着

187

爱有引力

厚厚一本相册，我询问红树："我可以看看吗？"

"可以看，但是你要有心理准备，不要被吓到了，我小时候长得特别丑。"

"这有什么呀，我小时候长得也很难看，放心吧，我不介意的。"我笑呵呵地把相册拿过来，然后窝在沙发里翻看。

翻了一页，我就愣住了。

"红树你……"我看向他，"你人设崩了。"

"我早就提醒你了……"

"不，我不是这个意思。"我揪住他的耳朵，"你不是一向最真诚的吗？怎么学会撒谎了？你管这叫长得特别丑？"

红树小时候的照片看上去非常可爱，他的眉眼生得很好看，脸型也好。在我看来比很多小朋友都好看，反正比我小时候好看太多。

"你仔细看看。"

我仔细看了看，唇部有手术痕迹，从整体上来看影响并不大。

"不就是先天性唇腭裂嘛，你早就跟我说过了呀，而且，这照片上你笑得这么开心，根本都看不出来什么痕迹。"我没觉得有什么，就是心疼他。

"嗯，很小的时候做了手术，那时候还小，不太记得，自己也不觉得是什么大事。只不过小的时候因为和别的小朋友不同，受到过一些排挤和欺负，才有点在意，但是后来也无所谓了。"

我能理解这样一个有缺陷、被排挤的小孩内心的孤独，所以当我看到照片上咧着嘴笑得这么开心的小红树，就觉得特别心疼。

"你不是不喜欢照相吗？怎么笑得这么开心？"我有些好奇。

"爸妈难得陪我，所以就很开心。"

"你小时候，爸妈不经常陪你吗？"

"嗯，我爸每天应酬，我妈爱打麻将……"

"那你为什么不跟她说呢？说你需要陪伴。"

"说了。"红树摊手，"然后她就带着我去通宵打麻将。"

"……"我很吃惊，"那你在哪儿睡觉呢？"

"在沙发上打盹，而且他们洗牌的时候声音很吵，睡了也会被吵醒。"

"真可怜。"

"嗯，是挺惨的，不过白天还行，我妈的同事都很喜欢我，还给我带了很多好吃的。"

"嗯？你小时候不是很孤僻吗？"

"不啊，我挺活泼的。"

我的天，这是什么神仙小可爱啊，先天性唇腭裂、被同龄孩子嘲笑排挤，居然还能这么活泼开朗、这么爱笑。我正感动呢，结果红树来一句："然后我妈就觉得我过于活泼了，认为我有小儿多动症，把我带到北京来看中医。"

"额……中医？这路子是不是有点不对……"

"我记得吃了很久的中药，而且那个药，真的太难喝了……所以我后来就不敢活泼了，实在不想再喝那个药。"

"所以你是这样变得孤僻的啊……简直了，你这剧情我编都编不出来……一般情况应该是你被小朋友嘲笑排挤，然后才慢慢变孤僻，谁能想到……"我又问，"所以你后来不活泼了，你妈妈会不会以为是中药治好了你的小儿多动症啊？"

"也许吧，谁知道呢。"红树语气依然平淡。

我心疼地摸了摸他的脑袋。

♥ 06 ♥

和红树闲聊，聊到小时候都玩过踩脚游戏，我瞬间有了兴致，要他陪我玩。

然而我反应太慢了，几轮下来都是输。

"算了、算了，不玩了，结束。"

红树便停了下来，还一本正经地给我讲解这个踩脚游戏的诀窍，然而他说到一半的时候，突然发现我偷袭踩他的脚，还自得其乐笑得特别欢。

"游戏不是结束了吗？"他很疑惑。

"对啊！"我一副理直气壮的样子，"就是因为游戏结束了我才踩得到啊！"

"你说得有道理，那你踩吧。"

❤ 　O7 　❤

有天吃饭的时候，阿姨突然提议道："要不你们去拍婚纱照吧？"

我一愣："还没谈婚论嫁，怎么就要拍婚纱照了？"

"那就早点谈。"阿姨说，"红树还没见过你父母吧？你是不是也安排一下？"

我琢磨了一会儿："行吧，是该见见了。"

我跟妈妈说，要带红树回家，看他们时间安排，我俩配合。

那会儿是深秋了，盘锦的河蟹正肥。除了准备好的必备礼品之外，叔叔阿姨还特意给我准备了两大箱河蟹带回去。

路上，我和红树再次讨论起了父母、亲情这个话题。

"父母和孩子之间为什么会有隔阂呢？"

"归根结底还是性格和三观不合，但这些是我们挑选朋友或者伴侣才会考虑的事情，亲情是靠血脉来维系的。不能用性格和三观来衡量父母，从而喜欢或者讨厌他们。"

"人生有很多东西是可以选择的，但是亲情没得选。你看我爸妈摊上我哥这样的儿子，很不幸吧，但是没有办法，一大把年纪了还要出去打工替他还债。我爸这一生谨小慎微，老老实实在

爱有引力

农村种地，外加做装修挣些辛苦钱来补贴家用。这辈子不图有多少钱，但求不欠债，过点普通人的安心日子。可就这点小小的心愿，也被我哥给打碎了。"

"你爸妈真的很辛苦……你哥太过分了。"

"是啊，可是不管我哥做了什么，我爸妈都不会放弃他，而是选择尽自己最大能力去帮助他，不是吗？"

"所以我也应该无条件地接受我爸妈？"

这个问题其实我也没有答案，人的一生要探索的问题太多了，可答案往往又不像考试那样有个准确的模板。

"我只是说出我自己的想法，并不是想要让你一定这么做。算是给你提供另一种思路。你有没有想过，其实很多事情，都是有着密切联系的？"

"怎么说？"

"比如说，如果你的父母是你很喜欢的类型，那么你可能会有一个快乐的童年。你可能还是会喜欢漫画，但也有可能你没有喜欢上漫画。你也有可能和你爸妈一样进入国企，而不是去北京做漫画。这样子的话，你可能不会遇到我……你也许会拥有一个和现在完全不一样的人生，我问你，如果有机会，你想换一种人生吗？"

"我想……可遇到你之后，我不想。"

"你不想换，因为现在的你，还有一些无法舍弃的东西，比如爱情。这个世界上能同时拥有完美的爱情、亲情和友情的人，其实并不多。大部分的人，拥有其中一两种也会觉得幸运。我不想让你带着对父母的怨恨生活，因为这样对谁都没好处。

"当然了，别人我并不在乎，我只是想要你快乐而已。也许你的父母无意间伤害过你，但他们也养育了你，该有的尊重和孝敬，还是要有的。父母有好的品行，是孩子喜欢或者崇拜的对象，这本来就是很幸运的事情，就像能遇到爱情一样幸运。这种幸运，有自然很好；没有，也不用过于介怀。"

红树认真地想了半天，然后说："被你说服了，我第一次感觉可以试着放下这些，有你真好。"

"我会一直陪着你的。"我张开双臂，"来抱抱！"

♥　08　♥

一路舟车劳顿，总算是到了我家。

家里挺热闹的，除了爸妈请假回来以外，我哥也回老家了。再加上我和红树，家里人多了起来，爷爷也笑逐颜开。

我跟爷爷讲我在北京的事，说北京可好了。爷爷也很向往北京，告诉我说过段时间三叔要把他接到海南去住，明年还计划陪他去趟北京，到时候要去北京看我和红树。

红树和爷爷一见如故，聊得很开心。

我妈把我们从盘锦带来的两箱河蟹，蒸一锅，炒一锅，大家都吃得很香。

我妈对红树的评价是，模样挺好，就是不太爱说话。我只能解释，是语言不通上的问题。

我爸忙着包饺子，说是东北人爱吃饺子，特意为红树准备的。我说你也知道东北人爱吃饺子，没事就吃饺子，家家都是饺子专业户，咱做的肯定没人家那边做的好吃。

红树悄悄把我拉到一边，捏了一把汗："你跟你爸妈就这么说话的啊？"

"对啊，我们家很民主的，不论年纪，不拘泥辈分，一律平等，想说什么就说什么，只要有道理。"

红树忍不住笑了起来："我好喜欢你家的氛围啊！我想住在这里！"

"氛围有什么用？穷乡僻壤的小乡村，没网、没漫画、没游戏，你还想住吗？"

"你怎么一回家，就变得这么爱怼人呢？"

"自个儿的地盘嘛，哈哈哈！"

♥　09　♥

农村也没什么娱乐，晚饭后就准备洗洗睡了。

"红树是不是在我们这不太习惯啊？"我妈走过来，有点忧愁地说，"咱家条件不太好，他一个城里孩子……"

"不会吧，他之前说咱们家挺好，还想一直住呢！"

难道是发生了什么吗？我觉得有些奇怪，就问我妈为什么会这么想。

"我告诉他热水器里的水已经烧好了，可以去洗澡了，他说好，但是一直没动静，我就想他可能想等会儿再洗。之后我又想着你们大老远回来很累，先给他打盆热水泡泡脚也好，结果我端着热水给他送过去，他那表情……我也说不出来是个什么意思，反正有点排斥，我怕惹他不高兴，就赶紧把水端出来了……"

"排斥应该不会吧，我去问问……"

我立马去红树房间问情况。

"红树，我妈跟你说水烧好了，让你去洗澡，你为什么不去啊？"

"我觉得应该让叔叔阿姨先洗啊，我晚一点没关系。"

"也是哦，那我妈给你打水泡脚你为什么不领情？我妈都吓坏了，怕你在我家住得不开心。"

"我才吓坏了呢！"

"欸？什么情况？"

"我作为你男朋友第一次来你家，见你爸妈，我多诚惶诚恐啊，生怕他们不喜欢我。结果你妈妈还给我打泡脚水，未来丈母娘！给我！打泡脚水！你说吓不吓人？！我当时就慌了。"

"……"我觉得有些好笑，"我妈就是单纯地关心你，给你打水泡个脚解解乏。"

"这真的太令人害怕了，如果是让我给她端泡脚水我会觉得比较正常。"

"哈哈哈！"我忍不住笑了起来，"你们真是神了，互相把对方吓着了哈哈哈！"

我分别向他俩解释了一番，这两人才终于松了一口气。

也是那会儿我才反应过来，全程只有我一个人轻轻松松很愉快，我爸妈和红树，其实都挺紧张的，各种担心对方可能不喜欢自己。

♥ /0 ♥

按照我家乡的习俗，我不能跟红树住在同一个房间，所以就分开睡了。

第二天醒来，我第一时间去红树住的房间看他，他拿着笔在本子上写写画画，大概是在构思剧情。

"睡得怎么样？"

"没睡。"

"为什么？"

"也没什么，就是这个屋子里有一只蜘蛛，我就担心睡着之后它可能会爬到我身上，所以就一直想抓住它，结果一直没抓到，就放弃了，也没了睡意。"

"该死的蜘蛛！在哪儿呢？看我捉住它给你报仇！"我张牙舞爪地说。

"嘿嘿，早上的时候，有一只非常威武的公鸡进来了，一口就把那只蜘蛛给吃了！简直就是战士！你家的鸡，简直太棒了！"

我原本还在心疼他，一下被带偏，被他逗乐了。

❤ // ❤

我爸妈在我婚事上充分尊重我的决定，他们认为只要我自己认定了，他们就同意。

所以红树的父母询问我爸妈见面的结果时，我立马点头："我爸妈同意的。"

叔叔心情非常好："那行，你们家那边结婚是什么习俗啊？"

"需要男方家长亲自登门去提亲。"

叔叔大手一挥："行吧，那我们过几天就去。"

"啊……这……这么快的吗？"

"我也觉得有点快。"红树说，"来得及准备吗？"

阿姨笑道："其他的交给我们，你们只需要买些新衣服就成。"

叔叔阿姨开始准备各种要带的礼物，我和红树就在楼上一边在网上看衣服一边闲聊。

红树还是有点紧张："上次去你家也挺匆忙的，不知道叔叔阿姨对我印象怎么样。"

"对你印象挺好的啊，你就别瞎想了，提亲就是走个过场。"

"真的？"

"当然是真的了。"

"那我这次要表现得更好一点。"

"可别，万一我爸妈太喜欢你了，想要你当上门女婿可咋办？在农村种地很辛苦的我跟你说。"

"啊？"

"跟你开玩笑的，怎么我说什么你都信，哈哈哈。"

红树无辜又认真的模样："你说什么我都信。"

♥ 12 ♥

红树订的是软卧车票，因为我晕车很严重，原计划是上了火车睡一觉，第二天无聊可以在车上打扑克，吃完午饭休息一下就到了，完美。

现实和计划中的也没多大的差别，只有一个小插曲。

早上醒来我拿出准备好的牙膏、牙刷分给大家，都是新的，我买的时候也没怎么仔细看，反正是常用的牌子。

红树随手拿起牙膏看了一眼，非常吃惊地问："怎么牙膏还有辣的？！"

　　叔叔阿姨一听，也觉得甚是神奇，还聊到地域差别。

　　我寻思不对啊，我们湖北人是喜欢吃辣，但是也没听说用过辣牙膏啊，如果牙膏做成辣味的那也太变态了吧，我接过牙膏看了看。

　　"额……"我相当无语，"红树，你能不能不要看到'火辣辣'三个醒目的大字就瞎开脑洞，牙膏怎么可能是辣的啊！看清楚，这里还有小字体文案呢，人家说的是这款牙膏护龈，用了这牙膏吃辣火锅也不怕！才不是什么辣牙膏！！"

　　叔叔阿姨瞬间哈哈大笑起来，红树一脸窘迫。

　　♥ _13_ ♥

　　提亲和我们想象中一样顺利，爸妈虽有些舍不得我这么快就要嫁人了，但这也是他们一直以来的心愿，所以更多的是开心。而且今年因为我哥的事爸妈操了不少心，趁着我和红树的事沾沾喜气也很不错。所以我和红树回盘锦后就准备把证领了。

　　去民政局的路上，我和红树闲聊。

　　"我觉得你这个人吧，哪都挺好的，就是太惯着我。"

　　红树脑袋一歪："我惯着你还不行啊？"

"凡事过犹不及嘛。"

"可是我就是愿意惯着你。"

"那我不管，反正你必须答应我，以后都不要太惯着我了，就算你想惯着，也要逼自己不要惯。"

红树仔细琢磨了一会儿，然后说："你这个理论吧，本身就有问题，你想啊，我要是按照你说的，就算逼着自己也要答应你的要求不惯着你，这件事情本身就是在惯着你啊！那如果我从这件事情开始就不惯着你了，也就是不答应你的要求，那我以后就会继续惯着你，那不还是自相矛盾吗？"

我已经陷入了凌乱……

"算了，你当我没说这话，日子该怎么过就怎么过吧。"

拿回两个红本本，我俩都比较平淡，发了个朋友圈，反倒是圈里炸开了锅，除了恭喜和祝福我们，还有很多朋友大呼太快、太突然了。

其实我俩这进展也不是特别快，但北京是个特别的城市，再加上我所从事行业的性质，所以很多朋友都觉得我结婚结得早。一直到现在，每次认识新朋友，听说我都结婚了，第一反应就是：这么年轻就结婚了啊！

看到结婚证，叔叔阿姨也乐得不行，尤其是阿姨，笑得不知道有多灿烂。

❤ *14* ❤

我和红树去商场吃饭，吃得有点饱，就随便逛逛消消食。

经过珠宝店，各种首饰琳琅满目，当时我们已经买了钻戒和好几对对戒，不打算再买了，所以我只是随便看看，没想买。

"欸，这还挺好看啊。"我边说边往前走。

结果红树就停下脚步："你喜欢啊？ 那我买给你。"

"我就是随口一说……这个是挺好看的，但是好看的东西太多了吧，说好看就要买啊。"我抱怨道。

然而却没有人回话，我往旁边一看，没人？一扭头看到他停在那儿了。

"是挺好看的啊，买了吧。"他继续提议道。

"可是……也没有好看到那种地步吧，而且还挺贵的。"我说着把他拽走了。

"贵就贵一点咯，你喜欢最重要。"他又把我拽回去。

"如果你非要给我买东西，那就给我买我特别特别喜欢的，可以吗？"

"可以！"红树笑道，"那你想要什么？"

"嗯……翡翠镯子吧，我一直很喜欢翡翠，而且还可以作为定情信物！"

"欸，我不是很早就送你玉簪做定情信物了吗？"

"那就再定一次咯。"

"好！"

各种逛各种挑，最后我选定了一只翡翠镯子，然后非常愉快地回家了。

阿姨听说我们逛了街，还买了镯子，非常高兴。

"我早就想给你买首饰啦！就是不知道你喜欢什么款式的，改天你也陪我去逛逛珠宝店吧，给你买些金饰！"

"我不喜欢那些金器，首饰我只喜欢翡翠镯子，红树已经给我买了。"我解释，"而且金饰买了我也不爱戴，不用了。"

红树妈妈对此的态度是："不爱戴也没关系，留着压箱底也行呀。"

"压箱底那是嫁妆。"

"那你就当嫁妆，私人财产，看着也开心啊。"

我忍不住笑了："哪有男方家又出彩礼又出嫁妆的？"

"那有什么不行？你嫁到我们家，就是我闺女，我愿意给闺女置办点嫁妆，怎么了？"

当时听了这话，心里特别感动："谢谢您，真的不用了。"

"你要是不喜欢金饰那我直接给你钱。"

"真的不用了。"我一边推辞一边赶紧上楼。

刚上楼，就看到阿姨用微信给我转了两万元，还发了条消息：

"别的都依你，嫁妆可不能不要，收着。"

"你妈妈，真的对我很好。"我由衷地说，"我都还没开口叫她一声'妈'，她就把我当亲女儿了。"

红树扭过头："哼！"

我："怎么了？"

"给你两万元你就这么感动了，那我还把我所有的钱都给你了呢！"

我白了他一眼："这是一回事吗？我是因为钱感动的吗？"

红树转过头来看着我。

"那你说，是我对你更好，还是我妈对你更好？"

额……这醋吃得有点太迷了吧。

"你，当然是你啊，你对我最好了。"

红树满意地点点头："这还差不多，你一定要记住，我才是对你最好的人！千万不要被其他人的糖衣炮弹给攻陷啊！！"

我："……"

第十章

眼前人是
心上人

以前在外上学也好，工作也好，我很少会无端想念父母。

而当我领了结婚证后，也不知道怎么了，没事就想起爸妈来了。

我小时候没看过韩剧，甚至连当时非常流行的台湾偶像剧都很少看到。因为家里的电视只能收到湖北当地的几个台，几乎没得选。所以，父母的爱情故事，可以说是我的爱情启蒙了。

我爸妈那个年代，基本没有自由恋爱的，而是由当地的媒婆保媒。

我妈出身于农民家庭，长得一般，和我几个姨站在一块儿很不显眼。脑子也不是特别聪明，读书成绩一般般，但是她朴实勤奋，在家里没少帮忙干活。

大概是十五六岁的样子，我妈刚考上高中，就有媒人上门来说亲。

那会我妈年纪还小，而我爸已经是个二十出头的小伙子了。我爸年轻的时候长得很英俊，我后来也看了照片得以证实，的确是俊朗秀气。其实从外貌上看，我妈和我爸不怎么相配。

据我妈讲述，他俩是在媒婆的介绍下，见了一面，两人都对对方挺满意，没多久，就定了亲。

我当时特别惊讶："见一面就定亲了？这也太快了吧？那后

爱有引力

来呢？"

"后来就开始互相走动，类似于现在的谈恋爱吧，反正就是每隔一段时间就安排见次面。"

"私下不能见面吗？"

"不能，结婚之前都不能私下见面。"

"噗，哈哈，好传统啊。"

这种感觉以现在的眼光去看，谈恋爱约会还不能单独在一块儿，会感觉比较没意思。但其实并不是这样，在当时的情况下，两人对于下次见面，其实是又期待又害羞的。哪怕只是随口闲聊几句，就很开心了。

就这样过了三年，妈妈高中毕业了，学习成绩不好没考上大学，就和我爸结婚了。

我几个姨都心灵手巧，擅长女红，我妈妈就不太擅长，笨手笨脚的。但是嫁了人，她还是想着给我爸织毛衣，给自己做绣鞋什么的，就铆足了劲儿学。最后毛衣织好了，虽说织得不怎么好看，但胜在暖和，我爸一点没嫌弃。

♥　02　♥

我们农村那边没有幼儿园，四岁多的时候，我被送去上学前班。

老师要收集小朋友的资料，让大家说自己的爸妈叫什么名字。

我一下蒙了，叫什么名字？我不知道啊。

老师问："你怎么连你爸妈叫什么名字都不知道？他们平时都不称呼对方吗？"

我仔细回想了一下，说："我知道了，我爸叫吴恩，我妈叫孙爱！"

老师一脸怀疑："真的是叫这个名字吗？"

"是啊，我妈管我爸叫恩，我爸管我妈叫爱。"

"恩爱……这名字取的……不愧是两口子。"老师还是有点半信半疑，让我回去问问我爸妈。

到家后我问我妈，我爸是不是叫"恩"啊，我妈说是啊。

我又问你是不是叫"爱"啊，我妈说是啊，怎么了？

我得意地笑了起来："老师问我爸妈叫什么名字，我就说我爸叫吴恩，我妈叫孙爱！"

我妈当时笑得眼泪都出来了。

据后来我妈解释我才知道，原来他们叫的是小名。我们那边的习俗是小孩儿都有小名和大名，大名就是上学或者正式场合用，生活中习惯叫小名。

怪不得呢，我还记得当时有村里的小孩儿喊我妈妈"爱娘娘"（我们那里娘娘是阿姨的意思）。

那天我妈一笔一画教我写她和我爸的大名，第二天我红着脸

爱有引力

去找老师把资料改过来了。

我还猜想着，一个小名叫"恩"，一个叫"爱"，当年那媒婆，保不齐就是因为这个巧合才撮合这段姻缘的吧。

我的爸妈人如其名，非常恩爱。

我以前经常对着我妈感叹："你真幸运啊，竟然能找到这么帅的老公！"

"什么帅不帅的，我们那个时候根本没有这种概念。"

"所以我才说你命好嘛！"

"长得好不好看不是最重要的，重要的是人品好、顾家、知冷知热。"我妈趁机对我进行思想教育。

"你就是想说你老公长得好看，人品好，还顾家，又知冷知热呗。"

我拒绝吃狗粮，火速撤退。

♥ 03 ♥

后来有一天，我不知道怎么又跟我爸单独聊上了这个话题。

说着说着，我爸就一顿夸我妈，什么好媳妇啊，什么不信你去问问，这十里八乡的，谁都对你妈没话说。

在我记忆中，我妈随着年岁身材开始走形，人也沧桑了不少，但我爸的身材一直都保持得特别好，长得也显年轻。原本是我爸大我妈好几岁，但看起来绝对是我爸比我妈小好几岁。

可就算是这样，我爸妈的感情还是有增无减。

有一年收稻子，就是用镰刀去割稻子，然后再捆起来。我妈一个不小心，就把手指头给割破了，我爸让她赶紧回去把伤口清理一下，然后用布包起来。

我妈回家把手指包扎好，又到田里去割稻子。

然后怎么都觉得不对劲，怎么包扎好了还是那么疼呢，我妈就跟我爸说。

我爸寻思是不是伤口太深得去医院看看，就走过去瞧了一眼。

结果发现我妈她居然包错了手指！

哪根手指头受伤了都分不清吗？我相当无语。

"唉。"我对着我妈唉声叹气。

"怎么了？"

"你长得一般般就算了，还笨成这样，能找到我爸这样的老公，真的是超级幸运啊！可是我呢！我明明有一个超级帅气的爸爸，为什么没有继承他优良的基因呢？为什么跟你一样小眼睛、塌鼻子，太不公平了。"

我妈笑着说："没事，说不定你以后也能找一个浓眉大眼、高鼻梁，对你还特别好的老公呢！"

"行吧，我只能祈祷我在继承你普通长相的同时，也继承你的幸运！"

事实上，好像还真的有点八九不离十，看来得谢谢我妈。

♥　04　♥

我爸脑子好使，又擅长当家，所以家里的钱都归我爸管。爸爸对我们没有亏待过，唯独对自己太抠门，没见过他给自己买过新衣服。

有一年收头发的来村里，我妈妈一头黑发又长又亮，见价格不错她就把头发剪掉给卖了，然后拿卖头发的钱到集市上给我爸买了件新衣服。

爸爸得知后，又生气又心疼，当然更多的是感动。

"以后再也不许卖头发了。"爸爸严肃地说。

妈妈一脸讨好地说："好，以后不卖头发了。"

爸爸见她认错态度还不错，板着的脸才逐渐缓和下来。

新衣服他很喜欢，当天洗完澡就穿了。我和我妈都说我爸穿着新衣服很好看，他脸上才多了一丝羞涩的笑意。

♥　05　♥

领完结婚证的第一个冬天，我和红树过得还是蛮开心的。

公公婆婆照常上班，我和红树的工作项目也顺利完成，在家窝了一段时间后，红树提议出去玩。

我胆子小，很多娱乐项目都不敢玩，连坐雪圈都有点害怕。

"那你想试试滑雪吗？锻炼一下你的胆子。"

我想着在大东北待着，不去滑滑雪真是有点可惜，就说："好，咱们去滑。"

我们之前买的是滑雪场套票，以为里面的所有项目都可以玩，结果工作人员说，得交雪橇押金和保险。

雪橇押金倒还挺正常，保险是什么意思……难道说人家根本保障不了安全吗？当时我就差点掉头就走。

为了证明我不胆小，我还是勇敢地穿上装备，折腾了好久才勉强站稳。

上电梯的时候，我一个没站稳，差点就吓哭了，幸好工作人员一把把我拎起来，放到了电梯上。那个电梯是手扶梯，却没有扶手，而且还特窄，我吓得全程面如土色。

等下了电梯我更害怕了，底下白茫茫的一片，陡坡看得我心慌，两条腿抖得像筛子一样，根本无法控制。

我让红树给我示范一遍，他"嗖"地一下就滑下去了。

他不在旁边，我更害怕。旁边的工作人员说没事，往下滑就行，还试图推我一把给我助力，我吓得尖叫，说别推我。

红树再一次坐电梯上来，看到这一幕哭笑不得。

在红树给我示范了三次之后，他告诉了我一个可怕的事实。

爱有引力

因为只有上来的电梯，没有下去的，所以我今天只能滑下去。

我站在上面等了很久，等到一个时间点，没什么人在滑道上滑的时候，鼓起勇气滑了下去。心想着大不了就是摔跤嘛，只要不撞到人就行。

最后我居然很顺利地滑下去了，一点事都没有，但是回想起来依然心有余悸，不敢再上去了。

此时的我腿还是软的，然而这个冰雪乐园就在我们住的小区旁边，打车回去或者让人开车来接都很奇怪。

"来吧，我背你回去。"红树说。

"不行、不行，来来往往这么多人呢，而且小区已经有一些认识我的人了……我这么大个人还要背着，哪好意思啊。"

"放心吧，没人会笑你的。"

"真的？"

红树认真地点头："嗯。"

我便趴在他背上任他背着，刚走几步，他又接着说："因为在你吓得腿抖不敢往下滑的时候，大家都笑完了。"

"……"气得我一路上都在揪他耳朵。

♥　06　♥

滑雪是不敢再去尝试了，但我还是有一个运动少女的梦。

听红树说他大学的时候上过击剑课，还加入了轮滑社，我琢磨了一会儿，决定去学习轮滑！

红树翻箱倒柜找他的轮滑鞋，找了半天也没找到。后来红树的爸爸开车带着我俩出去买了双新的，我顺便还选了一套护具。

红树家一楼的客厅很大，我全副武装后开始在红树的指导下练习轮滑。进展还是挺顺利的，不到三天就能在客厅来去自如了。

"去外面试试？"红树提议。

于是，红树牵着我的手慢慢滑了出去，我一直牢牢地抓着他的手不敢放。

"你这样怎么学啊？"

"不行啊，我害怕，外面不像家里，路不平整，有时候还有小石子什么的，太恐怖了。"

没办法，他只能一直这样牵着我，龟速前行。

路过小区的一片草坪，我激动地喊："去草坪上吧，那上面摩擦力大。"

到了草坪上，感觉确实很稳，滑不动也根本用不着滑，就跟平常走路那样走就行。

"哈哈哈，如履平地啊！这里很适合我！"

"行吧，大冬天的踩踏草地也没关系，但是等春天长出草来了就不能踩了。"

"没问题。"

　　我在草坪上走来走去觉得特别有意思，红树在身后护住我，一句抱怨的话都没有。

　　在草坪上尝试了一会，那种沉稳的感觉给了我足够的安全感，所以在一只脚踏出草坪的时候完全没有心理准备，结果自然是摔倒了，还拉着红树一起。

　　幸好，两人的身子都倒在了草坪上，没有受伤，当然主要原因还是红树反应快，给我当了肉垫子。

　　"怎么办啊？我穿的这鞋，站不起来……"

　　"没事，我能站起来。"

　　红树一使劲，翻身把我放在了草坪上。

　　"呜，你赶紧把我扶起来！"

　　"想让我扶你起来啊，来，亲一下。"

　　"亲什么亲啊！都什么时候了？快扶我起来！到家里你爱怎么亲就怎么亲！"

　　"行吧。"红树爬起来，然后伸手拽我。

　　我不敢使劲，心中有些害怕。

　　红树无奈，脱下我的轮滑鞋，一只手始终托着我的脚。

　　"自己拿着鞋子。"

　　"哦……"我拎起轮滑鞋，心想他真狠心，让我不穿鞋回去就算了，还不帮我拿鞋。

　　我正准备站起来的时候，突然被"公主抱"抱了起来，我下意识地紧紧搂着他的肩膀。

到家之后，轮滑鞋被我嫌弃地丢在了角落里。我穿上拖鞋，感觉整个人都轻松了。

"上楼。"红树说。

"干吗啊？"我疑惑地跟着他上了楼。

进了卧室，他反手把房门一关，我还没来得及反应，就被他推倒在床上了。

"喂，干什么啊？"

"你不是说回了家，我爱怎么亲就怎么亲吗？"

"……"

♥ 07 ♥

说起来我也算是远嫁，父母都在湖北，但是嫁到了辽宁。

因为距离太远，所以讨论之后，婚礼双方分开办。盘锦这边的婚庆酒店都需要预订，商议后决定先去我家那边办。

我们家乡那边办结婚酒席其实挺折腾的，尤其是折腾新郎。红树说没事，他顶得住，但是我不忍心，所以提前跟我爸妈商量，折腾人的流程一概不许有。虽然和村里一贯的做法有些相违背，但为了保护红树，我爸妈还是选择支持我。

另外，红树其实酒量还可以，这个我一早就知道。当天他也做好了要喝不少酒的准备，结果开席半天了，也不见有人来叫他去敬酒。

红树觉得奇怪，悄悄问我，我也是一脸蒙："我不知道啊，我也是第一次办酒席……"

这时我爸端着酒和杯子过来，张口就要说什么，见到我们后又戛然而止，笑道："哎呀，忘了这桌是你们了，你们就不用敬了，哈哈哈，多吃点。"

原来我爸爸怕红树不胜酒力，而且听我说过他的胃不太好，担心这边乡亲们跟以往一样灌新郎官酒，所以一早就跟各位亲朋好友和乡亲们道了歉，说女婿不喝酒，所以由他代替敬大家，保证让大家喝好。

我鼻头一酸，差点哭了出来，红树也很感动。

我爸妈虽然只是普普通通的农民，没什么本事，却也尽了自己最大的努力来保护我和红树。

♥　08　♥

酒席结束后，我和妈妈聊起我爸在单位的情况，这两年因为收成不好就没种地了，他去了一家酒店当帮厨。

我妈笑着说："你爸干得可好了，做事快，心又细。他也开始讲究起来，头发是自己染黑的，他们酒店的人都说他像四十岁出头的人！

"他们酒店的服务员小姑娘，还夸他帅！"妈妈又补充道。

"我爸就是帅嘛！虽然老了，但还是帅！"

我妈妈听了开心地大笑起来，仿佛我夸的是她。

"你别笑了，是夸我爸，又没夸你。"

"夸你爸就是夸我啊。"她一脸得意，"说明这些年我把他照顾得很好啊！"

"行行行，是你照顾得好，不是我爸爸本来就长得好。"

"那肯定是我照顾得好啊！"我妈妈依旧是一脸自豪，"要不然衣服皱皱巴巴的，领口没洗干净，还能有人夸他帅啊？"

"有道理、有道理，绝对是你的功劳！"

♥ 09 ♥

我忍不住迎合了她两句，谁知道她趁机引申到我和红树身上。

"你也一样，平时要帮红树收拾……"

我做了个鬼脸："我跟你不一样，我充当的是我爸那个角色，现在被红树养得越来越好看，还显年轻，哈哈哈！"

"你现在嫁人了，就不能像以前那样任性偷懒了，得做家务，得收拾房间，打扫卫生，一日三餐要给红树做饭，好好照顾他，衣服洗了之后要叠好，有些还要熨烫……"

"停停停！我们自己知道怎么过日子。"

"你真的知道？"

"对啊，红树舍不得我做家务，连被子都一直是他套呢。"

"你这样就不对了，家务他可以做，你更要做。"

"我看心情，有时候我还是会分担一些的。"

"现在已经结婚是个大人了，不能像以前那样任性。"

"我和红树一直都是这么相处的，非常和谐，结婚之后我们也没打算有什么变化。"

"你觉得和谐，他觉得和谐吗？他又要工作，又要做家务。"

"我也要工作啊。"我把红树拽了过来，"你说，你觉得我俩现在这样是不是挺好的？"

红树："挺好的啊，我真是舍不得她干活。她其实就是嘴上这么说，实际上经常帮忙收拾。"

"听见了吧？"我看向我妈。

我妈不以为然："夫妻之间是要互相体谅的，你也不能什么事都指望红树，听到了没有？你说你嫁得那么远，我也没办法经常过去帮你，红树是个好孩子，他对你好，总是向着你，但是你也不能欺负他……"

难道是我的打开方式不对吗？别人家的父母，面对女儿远嫁，都是怕女儿受欺负，她倒好，净担心我欺负红树！

红树倒也没有因此嘚瑟，只不过自此之后，我俩的相处有了一丝丝的不同。

此人在我无理取闹的时候动不动就拿着手机假装拨号："哎呀，好久没有给'麻麻'打个电话了……"逼得我不得不认错。

我妈不应该是我的靠山吗？怎么成了他的保护伞……还叫"麻麻"，真是厚颜无耻！

♥ /0 ♥

懒这方面，我俩的段位都很高，不相上下。好在，我们爱对方胜过了爱自己。

比如说红树有点渴了，但是懒得去倒水，宁可忍一忍，一会儿再去倒。但如果这个时候我说有点渴了，他会立马去给我倒水。顺手给自己再倒一杯。

同样的情况下，我也会这样做。因为太懒了，所以很多自己的事情都可以凑合一下，但如果是对方，就生怕饿着、渴着、热着、冻着了。

关于家务这一块，我们在同居的那天就讨论过这个话题。毕竟，爱情很美好，但也需要落到柴米油盐、一针一线这些实实在在的事情上。

所以我们的处理方式就是，我不想做的事，比如洗碗，他就去做；他不想做的事，比如削水果皮，那么我就去做。如果双方

都不想做，再一起想办法解决。

　　按照这个处理方式，我们相处得一直很愉快。当然了，鉴于红树确实是承担了百分之八十以上的家务，我还是很心疼的，有时候会和他一起做，或者在一旁陪着他，跟他聊天解闷。

♥　　// 　　♥

　　有一天，他在拖地，我在旁边跟他闲聊。

　　"我奶奶很喜欢听戏，我从小就跟着奶奶一起听。你知道黄梅戏吗？黄梅戏发源于我们湖北的黄梅县，离我家可近了。我们那儿的人很多都是听黄梅戏长大的，黄梅戏跟京剧那些戏曲可不一样，唱的都是些情情爱爱的故事，特别真挚感人的那种。我觉得可能就是因为这个原因吧，我特别喜欢写爱情故事，也特别憧憬爱情。"

　　"是吗？那黄梅戏你会唱吗？要不，给我来一段？"

　　"没问题！"我笑道，"客官您想听什么啊？《天仙配》还是《女驸马》？"

　　"都行，来段你拿手的。"

　　"喀喀。"我清了清嗓子，"那就来段《天仙配》吧，跟咱俩比较搭。"

　　"嘿，你这话说的，你就是仙女呗？"

"那仙女就给你来段《天仙配》里最经典的一句，你听好了啊。"我说罢，便开始唱了起来，"你耕田来你织布，你挑水来你浇园。"

红树缓缓扭过头看我："唱得是不错，但这词怎么听着怪怪的呢？"

我昂着头："我们那儿的小姑娘都是这么唱的。"

红树便笑了起来，宠溺地说："行吧，那你就这么唱吧，反正就是我耕田我织布，我挑水我浇园，啥活都是我干，你就负责在旁边给我唱唱歌就行了。"

"太懂事了。"我抱着他，开心地大笑起来。

当然，我也没真那样欺负他。

我隔三岔五，也是会主动做家务的。有些时候红树跟我撒娇，说累了不想动，我也会主动去做家务。还有一段时间，他打游戏打得太猛，手得了腱鞘炎。于是，我天天洗碗、拖地，承担各种家务毫无怨言，可把他给感动坏了。

❤ /2 ❤

在我家玩了两天就打算回去了，准备在网上订票的时候，突然收到消息，公公婆婆要出门，而我们没带钥匙了，干脆计划去大连玩。

大连风景很美，我很喜欢。在星海广场玩的时候，红树给我买了一个花环，戴在头上感觉自己就是个小仙女。

路上碰到了一个卖玫瑰花的小姐姐，对红树说："买朵花送给你女朋友吧？"

我摇头说不想要花，红树说："她不是我女朋友。"

小姐姐不肯放弃，又接着说："送了说不定就是了呢。"

我忍不住哈哈大笑起来："我们是夫妻。"

结果小姐姐不信，我越是解释她越是不信，想想当时的画面还是蛮搞笑的。

我俩又去玩了一些水上项目，出来的时候，我被旁边卖的各种特色小吃所吸引。

"快去给我买，每种都要。"我跟红树说。

没想到他竟然站着没动，而是悠悠地看着我说："撒个娇先。"

我："嗯？"

不过看在良辰美景的份儿上，我还是配合了一下。

我摇了摇他的手，可怜巴巴地说道："我饿了……想吃东西。"

"……"红树身体一僵硬，立马跑去给我买吃的了。

❤ 13 ❤

正式婚礼定在九月三日。

我们从大连回到盘锦的时候，才五月，按理说还有大把时间。但我婆婆已经非常着急了，虽然订好了酒店，但是婚礼的布置流程迟迟没定下来。

显然，他们不想像我说的那样能简则简。儿子的婚事对他们来说，是一件非常重要的大事。才五月，公公婆婆已经开始定制婚礼当天的礼服了。

我和红树心理上有些排斥婚礼彩排这件事。彩排这个环节，有点像是在表演。当然了，我只是自己不喜欢，对于别人婚礼彩排，想要在婚礼当天表现得更加完美，我也是非常尊重认可的。只是每个人有自己的想法，我就不愿意彩排婚礼。这种事情并没有什么对或不对，只要和你结婚的那个人也赞同就好了。

非常幸运，关于婚礼的所有事情，我和红树的想法非常一致，完全没有谁在迁就谁。

"那……我们逃吧？"

红树眼睛一亮："好呀、好呀，我们私奔吧！"

"噗……"我忍不住笑了出来，还差点喷他一脸口水，"什么私奔啊，我是说我们先去别的地方待一段时间，等到办婚礼的时候再回来，这样不就不用被念叨了嘛。"

"好主意！但是我们去哪儿？"

"深圳吧，去就去远一点，正好你不是和深圳的一家公司有合作嘛，我们可以去深圳小住几个月，在深圳玩一玩，你还可以

爱有引力

去那边看看情况。"

　　下了飞机，先是在酒店住下，然后在网上看短租房。

　　白天太热，就躲在屋子里吹空调，写写稿子。太阳落下了才出去走走转转。

　　深圳的夜景很美，令人沉醉。

　　玩得也很愉快，但不知怎的我们就突然起了口角。

　　我有些不开心地说："你走开，我不跟你玩了！"

　　许是在一起时间长了，对我了解程度加深，红树现在听到这种话已经不像以前那样害怕了，并且还贱兮兮地挑眉笑道："不跟我玩，那你想跟我干什么啊？"

　　我瞪着他："我什么都不跟你一起干。"

　　"是吗？那你不跟我一起呼吸这清新干净的空气，不与我共享这一片蓝天……"

　　"现在是晚上，没有蓝天！"

　　"明天就有了。"

　　"那明天再说，反正今天晚上我不跟你玩了。"

　　"别啊……这不还有一片美丽的星空吗？"

第十一章

谢谢你喜欢我的
每一个样子

爱有引力

♥　 01　 ♥

　　赶在婚礼前一天，我们才从深圳回到了盘锦。

　　婚礼还是办得非常成功，婚庆公司原本建议的那些流程我们
几乎都没有采纳，而是别出心裁地用"新闻发布会"的方式，上
台前只和主持人做了简单的沟通，其他都是现场即兴发挥。主持
人专业过硬，全程都配合得非常好。

　　参加婚礼的亲朋好友都纷纷赞扬，对我也是各种夸奖。

　　婚宴结束后，我俩单独回到新房。

　　"怎么样？给你长脸了吧。"我昂着头，很得意的样子。

　　"我根本不在乎。"

　　"嗯？"

　　"婚礼是为你而办，它成功的点在于你喜不喜欢，而不是在
于那些来参加婚礼的人喜不喜欢。"红树说，"我也不需要你给
我长脸，我只要你开心就好，在任何时候都是这样。"

　　"哦……"

　　"累不累啊？"

　　"有一点点，要抱抱！"

　　"好。"

婆婆去香港玩了，公公大概是一个人在家无聊，便回老家看奶奶。因为想和奶奶多些相处时间，就把奶奶接到盘锦来住了。

好巧不巧，刚接过来没两天，公公一个好友家里出了点事，他要过去帮忙。所以我和红树就去婆婆家住，方便照顾奶奶。

奶奶牙不好，只能吃很软的食物。

吃完饭我们陪奶奶看电视，她和我去世的奶奶一样，也喜欢看戏曲。

我还给她瞎唱了一段，奶奶心情很不错。

兴头上，我还提议让红树也唱一段，当然了，得到的是拒绝三连："不，不可以，我不会。"

我了解他的性子，也就没硬逼着他唱。

我快过生日了，因为实在是什么都不缺，不知道要什么礼物，所以就想着逗一下红树。

"红树，其实生日礼物我已经帮你想好了。"

"说来听听？"

"给我扭一段东北秧歌，'大姑娘美……'哈哈哈……"我

其实就是想看看他那个为难到不知所措的表情，而且我都想好了，要善良一点，这表情我最多看三秒，就饶了他。

然而我一秒都没看到。

他很平淡："这么简单？行啊，不过我不会，得去网上搜一下视频，照着学。"

这一本正经的样子倒是让我惊呆了，什么情况？这莫不是个假红树……

我目瞪口呆地看着他搜索视频，还认认真真地记动作。

"你真愿意跳啊？为什么啊？那天让你给奶奶唱两句你都不乐意呢，怎么现在连扭秧歌都可以接受了。"

"不一样吧……只有我和你两个人的时候，就像一个小世界，这个小世界里，我做什么都可以的，百无禁忌。"

最后我生日那天他真的给我跳了，这是我这辈子收到过的最特别的生日礼物。

♥ 04 ♥

哥哥那边的情况越来越糟，全家都笼罩在阴霾之中，甚至还把病中的爷爷给吓着了。爸妈打电话过来，我哭得撕心裂肺、上气不接下气，连话都说不出来了，红树把我紧紧搂在怀里。

我们家只是一个非常普通的农村家庭，我怎么都想不到，居然会发生这种在我看来只有电视剧里才会发生的事情。

"我们家要家破人亡了……"我看着天花板，泪眼朦胧，茫然地不知所措。

红树抱着我："不会的，别怕，还有我呢，我陪你回去看爷爷，好不好？"

我使劲儿挣开他的怀抱，还推了他一把。红树差点摔倒，还磕了一下脑袋，但他根本顾不上疼。一脸着急想安慰我，可我那一脸孬毛的样子又怕适得其反。

"我不该跟你结婚的。"我冷冰冰地说。

"你知不知道你在说什么？"红树不可置信地看着我。

"我知道啊，我说我们不该结婚！"我狠狠地吼道，心里却在滴血。因为现在这个样子的我，以及我家的情况，都让我厌恶至极。我动了和红树离婚的念头，一来我不愿意拖累他，二来我宁可让我们的爱情成为美好的记忆，留在我的脑海里，也不想让现在这个可怕的自己，生生将我们的爱情撕毁。

"你心情不好，我原谅你，我当你没说过这句话。"

"够了！"我歇斯底里地吼叫着，"我不想跟你过了你听不懂吗？从现在开始我们桥归桥，路归路。"

"你到底在说什么胡话？"

"呵。"我冷笑道，"我一直是个骗子啊，你看不出来吗？我哥就是骗子，我们是一家的，我能是什么好人？我以前的温柔

大方、善解人意都是装出来骗你的，因为你是个傻瓜，你特别好骗！现在我利用完你了，你明白了吗，我这个人冷血无情，而且脾气暴躁得很。"

"那真是太好了。"红树也冷笑了一声，"刚好我也不是什么好人，我们是天造地设的一对，我死都不会让你离开我的。"

"你有病吧！"

"是啊，我有病啊，是你一直在治愈我啊！你答应过我会一辈子跟我在一起的！"

"对不起，我已经自身难保，我已经治愈不了你了。"

"那就不治了。"红树走近我，"我们就一起当病人，死也要死在一起。"

我痛心疾首地看着他："你为什么就非要赖着我呢？为什么这么傻呢？"

"你才傻呢，问这种愚蠢的问题。"红树也忍不住暴躁起来，声音也提高了几个分贝，"因为我爱你！你这个小傻瓜！现在知道了吗？！"

"你才是傻瓜呢！我们家这种情况会连累你，你不知道吗！"

"被连累和失去你比起来算什么啊！"他气呼呼地看着我，"你连跟我桥归桥、路归路这种话都敢说，还怕什么连累我！"

我平静下来："我是认真的，我真的不想连累你。"

"呵呵呵……"红树被气笑了，深吸了一口气说，"但是我不在乎被你连累，如果我接下来所有的收入，拿出一部分来帮助你们家，可以让你留在我身边，这对我来说真的太值了！至于你说你脾气不好什么的，我无所谓啊，你脾气好与不好也都是我的妻子。还有你个小傻瓜，如果你觉得连累了我，你可以对我好一点补偿一下我，桥归桥，路归路是什么啊？"

"呜哇。"我忍不住哇哇大哭起来。

"怎……怎么了？"

"我……我太感动了。"我一头栽进他怀里，鼻涕眼泪蹭了他一身。

"不哭了，不哭了，摸摸头，最宣你了。"

"噗……"我忍不住笑了起来，"还最宣你，没事学什么台湾腔。"

"你管我。"

"谢谢你……"

"谢什么？"

"谢谢你喜欢我的每一个样子，甚至在我自己都不喜欢自己的时候，你还是喜欢我。"

"就嘴上谢啊，不来点实际的？要不去帮我把地拖了？"画风被他一秒带偏。

"拖就拖！那你得去收拾屋子！"

♥ ○5 ♥

　　我和红树打算回老家看看爷爷，婆婆听说我们要回湖北老家，找人把我们结婚照洗出来，做成了相册，还特意给我们送了过来。说是我娘家人没过来参加婚礼，看看照片也好。我用微信给我爸妈发了电子版的结婚照，相册是送给爷爷的。

　　我翻看着相册，心里很是感动。

　　应该洗出来给爷爷看的，连我都没想到这些，婆婆却想到了，她对我们真的很上心。

　　"你爸妈身体都还好吗？"婆婆问。

　　"挺好的。"

　　"我最近听同事说，现在这边有些不错的公司在招聘，你和红树要不然在这儿找份工作？"

　　我有点奇怪："我们有工作的。"

　　"我知道你们写东西，但是找份稳定的工作不也一样可以写吗？只要不找那种特别忙的工作就行了。"

　　我委婉地拒绝："这里应该没有适合我们俩的工作。"

　　"你可以做文案，还有红树以前应聘做设计也过了，就是后来他不肯去。"

　　我有些无奈。

　　"他不是听你的吗？只要你开口，他就会留下的。"

"他是听我的。"我认真地说，"但越是这样，我越是不能利用他对我的信任，去逼迫他做自己不喜欢的事。"

"找份工作，也可以继续写剧本，这不冲突呀。"

我叹了一口气："我不能也不会去以爱的名义对他进行道德绑架，强行让他留在盘锦。我是他的妻子，我只会无条件地尊重和支持他。如果他愿意留在盘锦，那我也愿意陪他待在这里，如果他的梦想在远方，即便是千山万水，我也会陪他走。更何况，我也是为了梦想才去北京的。所以……我怎么可能会去劝说红树留在盘锦呢？"

婆婆见我把话都说到这份儿上了，也没再多说什么，又闲聊了几句便回去了。

她刚走，红树就腻歪起来："小小真好。"

"干吗这么谄媚啊？"

"你刚刚跟我妈说的话我都听见了。"

"我只是说实话而已。"

"呜哇，老婆大人最好了。"红树给我一个大大的熊抱，"老婆抱抱，老婆亲亲……"

♥ 06 ♥

墨涵正好要带廉先生去武汉的归元寺还愿，所以我们特意买了同一天飞武汉的机票。

和墨涵他们是在酒店见的面。

特意一起订了傅家坡那儿的酒店，因为2014年我和她就住在傅家坡这儿的一个小宾馆，当时还说等下次来，一定要住个好点的酒店。

我们一起去逛了逛汉街，然后出发去归元寺。一路上，也聊了一些各自家里的情况，比如我哥闹出来的那些事，比如墨涵她妈妈最近身体不太好。

拜完佛，墨涵说听朋友讲到归元寺数罗汉可以感知命运，她想去试一试。

我也是第一次听说，就上网查了查。

我国民间有"数罗汉"的习俗，数到与自己年龄相符的罗汉，可以根据这尊罗汉的尊号、面貌、动作、习性与修为，卜测未来凶吉与命运。北京碧器寺、苏州西园寺、武汉归元寺和成都宝光寺四座寺院的五百罗汉堂最具有代表性。而在中南地区，以武汉归元寺最为有名，归元寺之名源自《楞严经》中的"归元无二路，方便有多门"。

"哇，不错欸，我也要数。"

我们在寺里转了转，很快找到了罗汉堂。

罗汉堂有五百尊罗汉的塑像，罗汉的塑像都是以南岳衡山祝圣寺的五百罗汉石刻拓本为依据，黄陂县的两位师傅用九年的时间塑造而成。

数罗汉有好几种方法：一是男左女右。男的从左边数起，女的从右边数起；二是从第一个罗汉数起；三是看你哪只脚先跨进门。也有的随意选择一个罗汉为起始点，从"1"开始数。最后都数到你实际年龄那尊为止，然后到门口抽签。

廉先生对这个不感兴趣，我们三个都数了罗汉，也抽了签。

墨涵那个签上的两句诗有些深奥，我们琢磨了半天也没明白，本来想去找人解签的，后来看排队的人太多就放弃了。

我和红树抽的签倒是很容易理解。

一张是一百六十七善德尊者，诗云：从来淑女世称贤，常与公婆共乐天。丈夫妻子同孝顺，一家福运自绵绵。

一张是第一百七十二喜见尊者，诗云：仓中米麦勿陈陈，急速将来赈济人。今世姻缘前世修，夫妻和睦莫离分。

♥　○7　♥

我和红树回到我到家时，妈妈正在做饭。

爷爷看到我和红树很开心，和我们聊了很多家常话。我把相册拿出来给他看，爷爷一张一张看得特别认真，嘴里不停地说着："好，好。"

这段时间爷爷的饮食一直是大伯母在照料，他就没过来和我

爱有引力

们一起吃饭。

妈烧了几个菜，还做了几只螃蟹，说是别人给的。

我妈笑着说："我又忘了螃蟹哪里能吃、哪里不能吃了，你们吃吧，反正我也吃不习惯。"

红树耐心讲解了一遍，我爸记住了，我妈还是没弄明白。

"我帮您吧。"红树说着，细心地把蟹黄和蟹肉剔到小碗里，递给我妈妈。

我妈乐开了花："哈哈哈，享享女婿的福！"

♥　08　♥

我看着桌上爷爷奶奶的小铜像，不禁思绪万千。

去北京这三年，真的发生了太多事。奶奶走了三年，我也是第一次在奶奶忌日这天回乡祭拜。

我挺想奶奶的。

奶奶一直很疼爱我，对我特别好。

我听妈妈说，奶奶是大户人家的女儿，跟爷爷是门当户对。奶奶年轻的时候可讲究了，穿旗袍，而且每一件都是量身定做的。若是长胖了或瘦了，衣服没那么合身，一定得送去改好了才穿。嫁给我爷爷后，爷爷也对她十分宠爱。

后来因为变故，家道中落。虽说没钱置办这些行头了，但是奶奶即使是穿着最普通、最便宜的衣服，也非常注意整洁，任何时候都保持着优雅。

虽是在农村生活，但爷爷一生都没让奶奶干过活。做饭也好，干家务也好，都是爷爷一个人做的，甚至衣服也是自己洗自己的。但我记得，小时候爸妈分配给家务给我，平时不做家务的奶奶会帮着我干一些。

爷爷还给奶奶买很多零食，一年四季各有不同，我小的时候，奶奶给过我不少。

大伯母和我妈也很孝顺奶奶，仔细想想，奶奶也是很有福气的人。

这大概就是善有善报吧。

我奶奶是我见过最心善的人，除了对人善良，对动物也是如此。夏天天气炎热，奶奶会想到家里的牛也怕热，我们吃完西瓜，奶奶就把瓜皮收集起来给牛吃。奶奶常说它们不会说话，很可怜。

奶奶信佛，每年都去庙里上香，希望佛祖保佑家人。

记得有一年，好像是我上小学的时候，那天就我和奶奶两个人在家。外面突然来了一个陌生人，自称是佛门中人，上来就说我家有灾。

我当时感觉就不对，这也太像骗子了。

但奶奶一听家里有灾就特别害怕，仔细询问着该怎么办，有没有什么可以化解的办法，那人具体说了些什么我现在也不记得了，反正就是要钱。

奶奶急忙上楼，把家里所有的钱都给了他，求他无论如何一定要帮我家化解这个灾。

爷爷回来的时候，我赶紧跟他说了这件事。

当时还以为爷爷会说奶奶做得不对，但爷爷听完却是笑着说奶奶做得很好。

我当年太小不懂，现在想来，爷爷是觉得不管那个人是不是骗子，这笔钱能让奶奶买个安心，就是值了。

奶奶去世的前几年，瘫在床上不能动。爷爷一直守在她旁边，帮忙擦身子、换洗衣服，奶奶身上永远是干净整洁的，过年的时候，爷爷还给奶奶买了新衣服。

只可惜，奶奶看了说不喜欢，不穿。爷爷也不恼，不喜欢就再去买别的款式。

爷爷真是很疼奶奶啊，一疼就是一辈子。

第
十
二
章

我们的故事，
未完待续

爱有引力

小区里有小孩儿在跳橡皮筋，勾起了我童年记忆，我也想玩。

可是我这么大一个人，实在是不好意思跟小孩儿一起跳，但是又想重温一把。

红树给我网购了橡皮筋，由桌子脚和他绷着，让我可以在家自由地跳。而且随叫随到，不管我什么时候想跳，他都马上过来帮我绷着。

我在跳橡皮筋，红树站在那儿，一边绷着橡皮筋一边看漫画或者画分镜。

♥ 02 ♥

我买了新的汉服，喜滋滋地试穿，不知道是我过于粗暴，还是衣服质量真的有一点糟糕，总之就是不小心把系带给拽断了。

当然是找红树来帮我缝，自从跟他在一起后，我需要钉扣子或者缝线都是找他。我其实也会，就是太懒。

红树拿着这孤零零的系带，问道："缝在哪儿啊？"

那是明制立领斜襟长袄，我当时也是第一次买这种形制的汉服，不太熟悉，随便看了一下，然后说："大概就是这儿吧，你看着缝就行。"

"什么大概啊？得准确位置，你把那个对称的系带找出来我比对一下。"

我当时也不知道怎么回事，随口说了句："这个系带好像不用对称。"

"不可能吧，怎么会不用对称呢？"红树一边拿出针线盒一边说。

"反正就是不用，汉服跟普通衣服不一样，你就缝在这吧。"我呆头呆脑地随便指了个位置。

然后红树就缝了，而且还特意缝得特别牢固。

缝好后我继续试穿……

"不对啊，这个和另一根系带高度不一样啊……你缝错啦，哈哈哈……"我反应过来后，整个人快笑疯了。

"……你不是说不需要对称的吗？"红树本来有点无奈，但是我的笑声太有感染力了，他也被我带笑了，捂着半边脑袋边笑边说，"真是一个敢说一个敢信……"

最后红树拆了重新缝，我还在旁边笑。

♥　03　♥

那时候天气已经很冷了，我几乎不出门，整天都躲在家里。

屋里暖气很足，光脚踩在地板上都觉得烫脚那种。

红树每天会去楼下的超市买菜，我们做点家常菜，或者吃火锅。上次去武汉我们学了一招，就是在火锅里加牛奶，先涮点海鲜吃。然后用海鲜牛奶锅底涮别的蔬菜和肉类，味道意外得好。

后来又迷上了烘焙。没想到红树在这方面居然很有天赋，蛋糕、吐司、蛋挞、奥尔良烤翅、芝士焗薯蓉等等都做得特别好吃。

我试着烤饼干，结果烤出来的饼干边角都焦了，中间的还没熟。于是，就天天缠着红树，等着他给我做好吃的。

"你为什么就是做不好呢？你不是向来最机智的吗？"红树好笑地问我。

"因为我……"我又开始瞎说，"因为我其实并不是人类，我是一只可爱的精灵！"

"精灵？"

"对，但是我吧，因为遇到了一些事情，失去了记忆和法力……变得像个普通人一样，但是我本质上还是一只精灵！"我一本正经地胡说八道，"我们精灵一族，是没有办法使用烤箱的，据说是因为，很久很久以前……"

"好了，你这个故事太无趣了，别瞎编了，我马上给你做。"

后来有一天，红树发了一条朋友圈，配图是我，文字非常简洁："精灵饲养日记。"

原来我说过的话，他都记得。

♥ ○4 ♥

家里这边的事算是暂时都告一段落了，我和红树准备回北京。

墨涵介绍的公司有了回信，让红树年前就过去上班。

我和红树讨论了一下，决定先让红树一个人去北京，暂时住在姐姐家。然后再去公司了解一下情况，如果觉得确实可以，就找房子。房子租好之后，我按照地址把生活用品寄过去，然后出发去北京。

计划是完全没问题的。

只是没想到，红树一走，我整颗心突然就变得空落落的。

就是很想很想他。

一想他我就受不了，眼泪情不自禁地往下掉。缓了整整一天，总算好了点。

打开冰箱，拿了一杯瓶装酸奶，怎么拧都拧不开，想到以前都是红树帮我拧，鼻子又泛起酸来。

不能这么矫情！红树不在家的时候，我要自己照顾好自己！我暗自想着，然后拿起菜刀，非常霸气地把酸奶瓶盖给剁开了。

婆婆过来问我，一个人住习不习惯，要不要她过来陪我一起住，我婉拒了。

一个人住在这儿当然不习惯了，尤其是晚上睡不好，总是失

眠多梦。

但是我不习惯的原因，不是没有人陪我，而是没有红树陪我。他带给我的那种踏实和安心的感觉，除了他没有任何一个人可以替代。

红树知道我的行程计划后，马上表示要回来接我。我不想他太累，而且我这么大一个人了，本来也应该是自己坐动车去，没必要特意来接。在我的坚持下，红树不再说什么，默默帮我订了票。

他还是不太放心，全程跟我保持微信联络，并且提前了半个小时就在出站口等我了，我一看到他就像个孩子一样扑进了他的怀里。

有一年在红树姐姐家过年。

我们给小外甥买了个玩具，然后带了个零食大礼包。姐姐的妈妈也在北京，做了很多好吃的，然而我当时的注意力全被小外甥和他的玩具吸引了。

"你这个好好玩啊，可以借我玩一下吗？"

我一向擅长和小朋友交流，才短短几分钟，小外甥不仅把他的玩具都给我玩，还带我去他的房间参观。

　　他的房间设计得很好，床是带滑梯的那种上下铺。除此之外，还有琳琅满目的各种玩具。小外甥特别大方，说这些玩具我都可以玩。

　　我没有半点不好意思，跟小外甥玩得很开心。

　　我们之前住的那个小区有很多小朋友，小区里有喷泉和小溪流，所以小朋友们最喜欢的就是玩滋水枪。这本是司空见惯的玩具，但是因为小时候家里条件不好，我什么玩具都没玩过。

　　红树为了帮我弥补童年，凡是我想要的玩具都给我买了。我还记得那时候我拿着小猪佩奇的水枪和一个小男孩比赛滋水，小男孩的爸爸和红树就在我俩后面跟着。

　　还有那个吹泡泡的小玩具我也想要，红树为了让我玩得痛快，给我买了一把大号泡泡枪。分分钟秒杀那些需要用嘴吹的，弄得那些小女孩都缠着爷爷奶奶要买泡泡枪，吓得我和红树赶紧逃走了，避免伤害。

　　除了这些，红树还给我买了很多小玩具，而且他还会耐心陪我玩。

　　"我想玩你这个滑梯！"我这会看上了小外甥的滑梯了。

　　"去玩吧。"

爱有引力

"我胆子可小了，你不知道，我玩充气城堡那种滑梯都害怕。"

小外甥想了想，跑去客厅，把沙发上的抱枕一个个抱过来，他这个行为引起了姐姐和红树的好奇，他们纷纷过来围观。

小外甥把抱枕放在滑梯的下方铺好，然后跟我说："我给你做了一个缓冲。"

才上幼儿园的小朋友，居然能说出"缓冲"这种词，真是让我大吃一惊。不过也有可能是他爸妈这样说过，所以他记住了。

我感动得不行，当时就爬上去，开心地滑了下来，抱枕都被我踹飞了。

"你看，你不怕了吧！"小外甥也挺开心的，然后整理抱枕，让我可以接着玩。

红树和姐姐站在门口，看着我俩疯玩，脸上不自觉地浮现幸福的笑容。

姐姐对红树说："怎么样？小孩儿很可爱吧。"

红树："我觉得我老婆比较可爱。"

♥　07　♥

回去的路上，路边有个卖冰糖葫芦的摊子，那色泽在灯光下看起来很诱人。

我说："给我买个冰糖葫芦吧。"

"太凉了，你生理期呢，别吃了。"彼时还是早春，乍暖还寒，冰糖葫芦确实有点凉，但还在可接受范围内。

"我不！我就想要！你给我买！"

"我可以给你买，但是你要答应我，只准拿着玩，不准吃。"

"好吧……"

我喜滋滋地拿着冰糖葫芦，其实本来也没想吃，就是看着一抹暖色调心里舒服。

♥　○8　♥

婆婆在微信上说想我们了，让我们日常多拍点照片，发给她看。

红树不爱拍照，我一般很久才给他拍一两张，所以大多数时候都是他给我拍。

我把照片发到家人群，婆婆很开心，一个劲地夸，然后说红树拍照技术好，我说是啊，有一张照片还是红树还一边帮我打着伞一边帮我拍的，真是非常考验技术了，婆婆感叹年轻真好。

我低着头回消息，听到旁边的红树说："跟年不年轻有什么关系，感情好不分年纪，上次我们吃饭还看到有个老爷爷给老奶奶拍照呢，你以后老了我给你拍照！"

爱有引力

♥　09　♥

也是那一年，我爷爷永远离开了我。生离死别原本也是人生常态，但收到消息的那一刻，我真的接受不了，抑制不住号啕大哭起来。

红树被我惊醒，一把抱着我，问："怎么了！"

我一边抽泣，一边用颤抖的手把手机递给他。

红树也瞬间愣怔了。

前段时间，我们还说起，今年过年要去我老家，和爷爷一起过年……

噩耗来得太突然，一下就击垮了我们。

"我们回去吧。"

红树第一时间订了票，赶回去送爷爷最后一程。

凌晨五点的时候，爸爸给我打了个电话。

"吵醒你了吧……我是跟你讲一声，爷爷走了。"

"嗯……我知道，昨晚姐姐告诉我了，我们准备回去，今天就能到家。"

"太远了，别在路上跑了。"爸爸说，"爷爷早就跟我交代过了，说孩子们离得太远，等到了那一天，叫孩子们不要回。"

爷爷，他永远都是在为我们着想……

辗转一天，我们在太阳落山之前，回到了老家。当天晚上，

248

我和红树陪着爸妈他们一起守灵。妈妈怕我们太累，后半夜的时候让我们去休息。我闭着眼睛，满脑子都是对爷爷的不舍和思念，根本就睡不着。

红树也睡不着，听大伯他们闲聊，得知爷爷生前一个人在家很无聊，就想看看电视。但是家里的电视机太过老旧，经常坏。刚开始去找人修，钱花了不少，但是效果还是不好，没几天又坏了，所以后来就没修了。

听了这些红树心里特别难过，非常自责。我们回老家这么多趟，竟然没有想到这个问题。如果早点想到了，肯定要给爷爷买一台新电视机。只可惜，这个遗憾，再也没办法弥补了。

这些天，爷爷一个人住在这栋空荡荡的屋子里，我爸妈一个月才回来一趟。他一个老人家是多么寂寞啊，连个说话的人都没有。想看看电视，这么一点小小的心愿，竟然都没能达成……我一想到这些，也和红树一样，悲伤、自责等情绪如潮水般涌来。

我身体变得特别差，总是发热，饭也不怎么吃，整个人昏昏沉沉、病恹恹的，到医院做了检查，也没查出什么毛病。

虽说有红树细心照顾我，但我好转得还是很慢，全身无力，一点精气神都没有。还多了几分焦躁和敏感，没由头地动不动就生气。

记得有一次，我不知道怎么就生气了，红树哄了我好久，我都非常冷漠，一句话都没接。

"别气了好不好？你想亲亲吗？"

红树的耐心让我惊讶，而且我的气也差不多消了，便说："不想。"

他见我愿意开口就知道我快被哄好了，笑嘻嘻地说："不，你想。"

我："滚。"

红树将食指和中指并排戳在太阳穴的位置："脑电波发射！"

说着将手指一齐指向我："biu、biu、biu，现在你已经被我控制了！"

虽然在心里翻白眼，但我还是很配合地装木偶人，一副被控制的样子。

"现在想亲亲吗？"

我木讷地点头："想。"

"嗯，真乖。"

♥ *10* ♥

七月九日，迎来了墨涵和廉先生的大婚。生活上总算是有了一些开心的事情，我心里的阴霾也消散了大半。

红树那天恰好要去公司去开会，就没能去参加。我是和墨涵的几个朋友一起去的，约了个地方碰面，然后由墨涵的工作搭档，阿普同学，开着她心爱的小白车，把我们一起载了过去。

婚礼在廉先生的老家河北举行。和我当时一样，墨涵的爸妈也因为特殊原因无法到场。由墨涵的小姨和姨夫代表长辈过来，还有他们多才多艺的女儿，在婚礼上还献唱了一首英文歌。

整个婚礼现场我热泪盈眶，比我自己结婚时还激动。

我亲爱的墨涵，终于找到了属于她的幸福。

回北京后，我状态好了很多。不再整天昏昏欲睡，而且还积极运动、锻炼身体，笑容也逐渐多了起来。收到新买的汉服时，我更是乐得像个孩子。

红树见我终于变回了从前的样子，也放心了。

我想了想："有一阵子没写东西了，都不知道该写些什么了。"

"嗯……要不然写点我们的故事？"红树说，"之前你不是一直说要写我们的故事但没时间吗？现在正好有时间了。"

"对哦。"

于是，我开始整理我和红树的日常，慢慢地，写作的感觉也找回来了。

♥ // ♥

有一次我参加北京汉服协会的一个活动，在鸟巢有一个汉服方阵表演。

爱有引力

　　参加表演的人员被拉到了一个微信群，负责人给我们分了组，我被分到了七组。

　　接下来就是排练了，每个组的舞蹈动作都不一样。

　　我们组貌似都没有舞蹈功底，大家都在同一水平线上，大家都非常努力地在排练。

　　一天下来，我腰酸背痛。红树在地铁出站口接我，一看到我就冲了上来，抱了抱我，然后顺手帮我拿包。

　　"欸，红树，你不是说包是女生的配饰，所以从来不帮我拿包的吗？"

　　红树把包递给我："行吧，给你做配饰。"

　　"哼，我今天太累了，懒得配！"

　　出了地铁口，我俩准备找家餐馆吃晚饭。

　　我一路兴冲冲地讲起了演出的事情："我们原定的时间是下午一点演出，结果因为主办方的原因，提前到了上午十点，时间上已经很赶了对吧，哪知今天又发了通知，说十点档给一个歌唱演员了，我们换成了八点开始录制，八点开始……什么概念啊？六点就得到场，我们这边离鸟巢那么远，我还得化妆和做发型，根本就是没得睡啊……"

　　我正滔滔不绝，红树突然说："刚刚走过去一个长得很好看的小哥哥。"

　　什么！好看的小哥哥！！

"哪儿呢？在哪儿呢？"我赶紧四处看。

"走过去了啊。"红树指着一个远去的背影。

我追了两步，突然觉得我这么做不太好，又折了回去。

"你怎么不早点告诉我呢！"

"我看到之后就告诉你了，真的很好看，不比那些小明星差。"

"啊啊啊，你不要再说了！"

"好了，要不然我让你看一百眼当作补偿？"

我："……"

"我刚才跟你说话你到底有没有在听！"我皱着眉，"没事看什么小哥哥？变态吗你！"

红树一脸不可思议的表情："不是你跟我说的吗？要是在路上看到好看的小哥哥或是小姐姐一定要告诉你。"

"那我现在不是没看到，所以心情不好嘛！而且演出前一天还没得睡！"我开始耍无赖。

"要不然在鸟巢附近订个酒店，我过去陪你住。"

"有点浪费吧……"我有些犹豫，"我的演出费也才几百元呢，去掉酒店费就能剩个饭钱。"

"没关系呀，小小的身体是最重要的，乖了，订酒店好不好？"

我点点头："好吧。"

红树摸摸我的头："真可爱。"

去酒店的路上，我突然想起了一个笑话，就顺口讲给了他听。

然而他一点也不给面子，脸上完全没有笑意。

我撇着嘴："有那么不好笑吗？"

红树抱住我，我心想算他还有点良心，知道安慰我。结果听到他说："你这笑话太冷了，我要抱着你取暖！"

我："……"真是气死我了。

♥　12　♥

演出那天，睡眠时间是够了，但还是受了些罪。

早上特别冷，鸟巢的舞台又是露天的。我们组，好巧不巧地分到了夏款汉服，那叫一个透心凉。

但是姐妹们都没有任何怨言，而是积极地想着办法。有的贴暖宝宝，有的穿无痕保暖内衣，有的喝热可可御寒。

我们都是真心热爱汉服，也特别期待这场演出，一个个脸上都洋溢着灿烂的笑容。

演出结束后，节目组还给我们每人颁发了一个表彰证书，看到证书上写着自己的名字，都觉得受点冻也值了。

完事之后我们去更衣室换衣服以及拿自己的东西，这时我才发现红树给我发了很多条消息。吓了我一跳，还以为出了什么事呢，结果打开一看，全是表情包。

我回复他："你干吗呢？"

"没什么啊！就是我新下载了一组超级萌的表情包，就想第一个和你分享！"

这孩子，真是傻得可爱。

♥ 13 ♥

天气越来越冷了，我和红树又开始了窝冬。

不爱出去散步，日常锻炼的方式改成了红树公主抱着我做蹲起，或者背着我满屋子跑。

他们公司的福利不错，因为不用坐班，生日那天，行政小姐姐把蛋糕寄到了家里。

过圣诞节的时候，行政小姐姐通知说公司有活动，让他去公司抽奖。

红树本来不想去的，寻思在微信群里围观一下就好了。

"奖品都不大，一等奖是棉花糖机，被抽走了一个，还剩一个，他们还在现场抽呢。"

我顿时激动起来："棉花糖机！我要棉花糖机！！你快去公司给我抽回来！！！"

"我可以去试试……但不能保证可以抽到啊。"

红树赶紧换衣服，准备去公司。

临出门的时候，我用双手做了一个发送的动作："好运气传

爱有引力

输！为你助力！！"

红树转身走近我："这样传输能有效果吗？"

我还没来得及说话，他就朝我亲了过来。

"嗯，好运气接收到了。"他笑着说。

一个小时后，他给我发消息："我竟然真的抽到了棉花糖机……小小，你太厉害了！"

我开心得不行，让他顺便到家附近的超市去买些糖。

回来后，红树把棉花糖机洗干净，看了看说明书，就开始操作起来。

他上手很快，做出来的棉花糖跟在外面买的相差无几，特别好吃。

"太好了！以后随时都可以吃到棉花糖咯！"

"真是个小傻子。"

"这个棉花糖机看起来好好玩啊，给我玩玩呗，欸，我怎么转不起来呢……转起来了！好好玩呢！比吃棉花糖还好玩呢……啊啊啊，粘住了，转不动了，红树！快来救命啊！！"

"就说你是个小傻子嘛……"

红树越做越得心应手，我隔三岔五就要他给我做棉花糖吃。

看着他在那儿认真地操作，我忍不住逗他。

"给我来一个棉花糖，多少钱啊？"

"两百元一个。"

"这么贵啊！找我老公付钱哈。"

"你有老公啊，那得三百元。"

"抢劫啊你！"

"那你亲我一下，我就免费送你一个。"

"没门儿！"

我一边吃着棉花糖，一边和红树闲聊，最后聊起了私房钱这个话题。

"红树，你怎么不攒点私房钱啊？"

"不想攒，用不着。"

"我建议你还是攒点，你想啊，逢年过节，你得有钱给我买些礼物啊，偶尔给我制造点惊喜啊什么的！这样吧，你以后就别把钱全部都给我，自己也留点私房钱。"

红树想了想："好。"

过了一段时间之后……

红树说："出了新款游戏，我想买……"

"想买就买呗，你现在有私房钱了，不用再跟我说了，用自己的私房钱买不就行了。"

红树："不行！私房钱是专门用来给小小买礼物的！不能花！"

我："你这叫什么私房钱啊？"

爱有引力

有一天，红树一副很厉害的样子跟我说，他新学了一个套被子的方法，要演示给我看。

这满满的家庭妇男形象是怎么回事？不过我还是忍住了没笑，非常配合地看他给我演示。

确实是很厉害，这么一卷，那么一塞，然后摊平，非常快速且简单，竟然真的套好了被子……除了套反了以外。

"反了，哈哈哈……第一步弄错了，哈哈哈。"

就这么一点事，两个人在房间里疯狂大笑了起来，肚子都笑痛了。

笑够了，他把被子拿出来，翻了个面，很快就套好了。

我仍然忍不住取笑他："你这个傻瓜，哈哈哈。"

"我这不都套好了吗？你过来看看！"

"我不看，被子我不看，你这个傻瓜我也不看，哈哈哈，我无视傻瓜！"

红树凑过来："原来你是吴氏傻瓜啊！"

我正要揍他，这时敲门声响起，是快递员，我兴冲冲地去开门拿快递。然后也不知道怎么想的，一路小碎步就跑回了房间。

"怎么传来响亮且密集的声音，你干什么呢？"红树问。

我一边拆快递一边回道："装淑女走小碎步啊。"

"你那是走小碎步啊……不知道的还以为你在铲地砖呢！"

……嗯，这家伙，最近真的是非常欠揍。

某天我写稿子写到一半，莫名扭头看了红树一眼，结果他也正好扭头看我，眼神对上的瞬间，他隔空做了个亲亲的动作。我瞬间满脸通红，以为自己被调戏了，反应了好半天才想起来，已经和他结婚好几年了……

这个小片段我发到了朋友圈，最喜欢堂姐的评论——经年累月，还如乍见之欢。

都说爱情可遇不可求，真的很幸运，我遇到了爱情。

身边有了红树后，即使生活中还是会有困惑、失败、苦难，但不同的是，我可以勇敢去面对这一切，让伤痛的时间减少，让幸福快乐的时光无限延长。从此再不愿辜负每一次天亮。

无论何时何地，都觉未来可期。因为有他，人间值得。

更幸运的是，我的爱情，也是红树的爱情。相爱，永远是最令人着迷的。

我堂姐曾说，情投意合的夫妻，是治愈彼此的一剂良药。

此话深得我心。

姐姐、姐夫是如此，我和红树，亦是如此。

世界很大，冬天很冷，还好，我们拥有彼此的怀抱。

番
外
一

你给我的
小欢喜

♥ ○1 ♥

　　我和红树还是同事的时候，有一天我跟他一块儿在路上走。

　　那时候春暖花开，生机勃勃，我边走边蹦跶。

　　前方有树，树枝低垂，我忍不住蹦起来伸手，想看看自己能不能拽到树叶。

　　就在那一刹那，红树大喊一声："疼！"

　　我："嗯？"

　　红树："别拽，疼。"

　　我："哈哈哈，这叶子又没有刺，不疼的。"

　　红树："我是说……叶子疼。"

　　我："……叶子？"

　　红树一本正经地说："对啊，植物也是有痛觉的，难道因为植物不能发出声音、不能卖萌，就要被人类欺负吗？"

　　我第一次听到这种言论，感觉十分神奇。

　　更神奇的是，我竟然觉得他说得十分有道理。从那之后，我再没有对植物进行过"施暴"。

爱有引力

有一次，我被桌子角撞了一下脑袋。

红树居然是先被我的蠢样子逗笑了，然后才过来帮我揉，气得我狠狠瞪了他一眼。

下午一起去逛超市，补充一些生活用品。红树问工作人员有没有桌角防护套卖。

"家里有宝宝吧？"工作人员笑道。

我正想说没呢，结果红树看了我一眼，说："是啊。"

自从那次我给红树发了"抱抱"的表情，他理解成什么小绿人之后，我总觉得不舒服，一定要把他这个思维给掰过来。

我模仿"抱抱"的表情，两手握拳，双臂稍微分开，然后上下挥舞着双臂："你看像不像抱抱？"

"不像啊。"

"这怎么不像了？不像抱抱像什么？"

"像要起飞。"

"……"气死我了。

"我跟你讲，这个动作就是抱抱！确定、一定以及肯定就是抱抱！从今天开始，我要定一个规矩，我和你，只要有一方做这个动作，另一个人不管在做什么，都必须马上过来抱抱！"

"哦，好吧……"

这个规矩一直到今天都还没被打破，预计一辈子都不会被打破了。

刚开始设定这个规矩，也只是我一时兴起，后来发现这个约定挺有意思，解决了不少问题。比如我们吵架了、生气了或是闹别扭了，我开始冷战，红树就会做这个动作，我只能过去抱抱。

抱着抱着就和好了，百试百灵。

当然了，也不是全都是这样温馨的时刻。

比如某天，红树："我去上个厕所。"

"嘿嘿。"随着我邪恶的笑声，手臂已经挥动了起来。

红树没办法，只能过来抱着我。

"哈哈哈，你不是想去上厕所吗？我就在这儿一直挥手、一直求抱抱，哈哈哈，你看着办吧，是要打破约定、还是忍着不上厕所。"

"你怎么那么坏啊？"

"求我呀，你求我，我就放了你。"

"你太坏了，不怕我用同样的招数对付你啊？"

"你才不忍心呢！"我有恃无恐。

"我看你真的是需要调教了，既然你这么想抱抱，那就陪我去上厕所吧。"红树说着直接把我抱了起来往洗手间走。

爱有引力

"喂喂喂！你快放我下来！我不要去啊！"

"那你还坏不坏？"

"快放我下来！！"

"说，你还坏不坏了？"

"不坏了……"

"这还差不多。"红树这才把我放了下来。

♥　04　♥

我喜欢汉服，买了各种款式的汉服。

每次穿汉服，红树都夸好看或者特别好看。

与此同时，我也很乐意尝试一些其他风格的衣服，比如森女系、洛丽塔、JK[6]等等。

这些类型红树就比较无感了。

"这些小裙子明明也很可爱，不是吗？"

红树说："不，它们没有你可爱，你已经可爱爆表了，所以再穿可爱系衣服的话，显得这些衣服一点意义都没有。"

---

⑥ 日本网络流行语，指女高中生。

♥ 05 ♥

打闹的时候，红树轻轻咬了我一下。

我："我要去打针了。"

红树："嗯？打什么针？"

我："狂犬疫苗啊，我被狗咬了。"

红树："？？？"

♥ 06 ♥

某天在家，突然发现红树在看我。

我："你看什么看？没见过美女啊？"

"没见过。"红树朝我走了过来，还带着些许不明的笑意，碰下这里，碰下那里，"原来这就是美女啊，真稀罕，里面长啥样啊？"

"你、你、你……走开！不许耍流氓！"

♥ 07 ♥

最开始，我没有看路上的好看小哥哥和小姐姐的这个习惯，是受了红树的影响。

我之前觉得很奇怪："你为什么看他们啊？"

爱有引力

"因为好看啊，赏心悦目。"

"可是……你都有女朋友了，不是应该觉得自己女朋友才是最好看的吗？"

"是啊，但是其他人也是好看的啊。"

我噘着嘴，有点不开心。

"画得特别好看的画、设计精美的小裙子、摆盘精致的美食，你喜欢看吗？是不是还想去拍照？"

"嗯，但是这和看人不一样吧。"

"对我来说就是一样的，大街上那些路过的长得好看的人，在我眼里和美丽的风景图、可爱的布偶猫、漂亮圆润的石子……都没什么区别。"

"是这样吗？"感觉打开了新世界的大门。

♥　08　♥

红树很喜欢《一人之下》这部漫画，说是非常优秀的国漫，就安利给了我。

因为我更喜欢看动态的东西，就追了动画版本。

分分钟被圈粉，尤其是喜欢小师叔张灵玉，各种花痴脸。

后来的某一天，我早上刚醒，红树就兴冲冲地跑到床边，说《一人之下》最新一话的番外有小师叔湿身照，然后举着手机屏幕给我看。

太感人了。

因为坐姿不当，时间长了腰有点疼，于是，卧床休养，躺床上无聊就和红树聊天。

我："这个腰疼真的是很讨厌哦，所以……"

红树："所以要保持良好的坐姿。"

我："不，我其实是想问，人要怎么样才能不腰疼呢？"

红树："站着说话。"

我："……"

我："红树，你喜欢胖胖的女生吗？"

红树："没有啊。"

我："完了，我长胖了，你不喜欢我了！"

红树看向我："你是傻瓜吗？"

我正要发脾气，他突然激动地抱住我："那……我终于找到组织了！"

爱有引力

活生生给我气笑了。

❤ 　*11*　 ❤

红树："过来亲我一下。"

我顺手把胖丁玩偶丢过去："让胖丁代替。"

红树接住胖丁玩偶放在一边，扑过来硬是亲了我一下。

"你怎么还强迫！"我抗议道。

红树本来亲了一下觉得可以了，听我这么说之后眉毛一抬，
又欺身过来："还来劲儿了是不是？"

我被圈在他的臂弯里动弹不得，一边挣扎一边说："就来劲
儿了怎么的！"

红树人狠话不多，压着我亲了个够，这才满意地去接着写稿
子了。

❤ 　*12*　 ❤

某天和红树一起刷牙，看着镜子里的我两觉得长得挺像。

我："我感觉和你长得越来越像了，果然'夫妻相'是真的，
情侣或夫妻在一起久了，会长得越来越像！是吧？"

红树摇摇头："并不，只有相爱的两个人在一起久了才会越

长越像。"

我撇嘴："你又知道了？"

♥ *13* ♥

有天突发奇想，要红树和我一起唱一段《天仙配》。

红树："我不会唱啊。"

我："没事，我教你，就唱几句，很快就学会了。"

于是，开始教学模式。

"呐，我唱'书上的鸟儿成双对'，你唱'绿水青山带笑颜。"

"露水？"

"绿水，但是这个绿发音不是'lv'，而是'lu'，然后下一句，我唱'随手摘下花一朵'，这里面摘也不念'zhai'，而是念'zei'，然后你唱……"

红树认真跟我学，挺配合的，一直到……

"夫妻恩爱苦也甜……这一句学会了吗，学会了唱一句给我听一下。"

红树："……"

我看他可能没学会，就又教了一遍。

"这回学会了吗，唱来听听。"

红树表情看起来有点怪。

"怎么啦？"

红树握拳扶额："那个……这一句里面有岳父岳母的小名，我不敢造次……"

"噗……"

♥　*14*　♥

我："这本书记录了我最美好的青春和爱情。"

红树一副真相帝的样子："我们认识的时候，你好像已经不是很青春了吧？"

其实他说得没错，可是对于我来说，我的青春就是从那时候开始的。

其实红树从来都不是一个会说甜言蜜语的人，那些冒出来撩动我心的话，也都是当下随口说出的感受，完全不知道他什么时候会说出这样的话。

我至今也摸不清他的套路，因为在我面前，他是一个真诚至极的人，根本没有套路。

番
外
二

她和他的小故事
（根据堂姐的日记整理）

爱有引力

"我们怎么认识的？"

"不记得了。"

"我们怎么注意到对方的？"

"不知道。"

"我们怎么开始说话的？"

"不知道。"

"我们怎么熟悉起来的？"

"不知道。"

······

我有空就喜欢问你很多问题，可你的情商不够高，不明白我的小心思。不然可以随便编个情节哄哄我的，我肯定不会揭穿，还会装出极度相信你的样子。

"那······记得我们是······怎么开始的吗？"

"嗯！"

我终于笑了。

那是 2002 年，你发愤学习，我挥霍光阴，怀着不同的心情，在同一个复读班。

我的同桌，那个活泼的女生几乎每天对我控诉，说你喜欢用眼睛瞪她，无缘无故的。我沉默地看着她兴奋翻动的嘴唇，觉得她很在乎你，对你有青春期的悸动。

因为每天有人在我耳边唠叨你，我偶尔会瞥你一两眼。你的头很大，这是我极度羡慕的，于是，我就叫你"大头"了。我原以为大脑袋会比较聪明，后来发现其实不然，但我仍然喜欢你的大脑袋。

你的成绩不好，但你和我说你的数学比我好。

化学应该很差，因为自从认识你之后，你几乎天天跟我要化学作业抄。我倒是挺乐意的，因为你抄的时候顺道也帮我检查出一些低级错误好让我及时改正，让我少受些老师的批评。

我的作文还可以，你借过我的语文试卷去看，还给我的时候你指着我的作文问我。

"你写的是你想的吗？"

"当然，怎么了？"

"没什么？"

那次我完全没明白你的意思，还觉得被冒犯，再看那个高分作文也觉得厌恶了。后来知道你当时纯粹只是随口一问，我半晌无语。

爱有引力

考试临近，很多人焦虑不安，每天下午第四堂课为机动时间。同学不必坐在教室里苦挨，可以出去自由活动调节情绪。我很喜欢这个安排。虽然班主任一再苦口婆心劝导我抓紧时间好好复习，我也理解他的一片好心，但只要不下雨，我还是想去自由活动。

比如去打乒乓球。

有时你也会去，但是两个球桌十几个人轮流上，偶尔才能与你对垒。

我球技很差，周围的人都和你说："你是男生，要有风度！"

"嗯。"

你小心地握着球，把那个白白的"小精灵"丢在台面上轻轻一碰，再用球拍稳稳一渡，球飞起落到我这边的球台上。简直就像是慢镜头。

我："……"

你这也太小瞧我了吧？

♥ 03 ♥

我偶尔会制造一点小小的恶作剧。

我跟在你身后，偷偷地前行，我预备在你背后高喊一声，等你惊恐回头，借着不亮的月光可以看到一张幸灾乐祸的笑脸。

我正准备叫出声，反倒是被突然从高处纵身跳下的你吓到了。

原来你早就发现身后鬼鬼祟祟的我，于是，在拐角里的一块稍高的台阶上等我，并反将一军。

　　我被结结实实吓了一跳，你非常内疚，确定我没事后很认真地说："以后不要吓唬我了。"

　　我："才不。"

　　高考将近，我却生病了。但我心情不错，因为病人可以受到很多优待。

　　平时需要独自提着一桶热水到四楼，这会你会自告奋勇帮我。只是你下楼看到我在楼上蹦蹦跳跳朝你挥手，估计会觉得这些力气白费了。

　　生病了要忌口，学校里能吃的食物很少。

　　你妈妈中午为你做了菜和汤，我用在学校食堂打来的菜跟你交换，还提走了你的汤。你很得意地告诉我，你妈妈做的菜非常好吃，虽然我当时味觉坏了，但还是吃出了不一样的味道。

♥　05　♥

六月的天气很热，我要准备一条小手帕考试时擦汗用，我买了两条。

考前最后一个夜晚，你一个人在月光下跑步。

"你的衣服有兜吗？"

"有。"

"装起来。"我把手帕递给你。

♥　06　♥

午夜十二点，大家都想出去玩。

有人说他会喊门卫给我们开门，我们一行人就安安心心去了。

极讨厌的 D 同学又来惹我。

"你想怎样？"

"做我的女朋友。"

"做梦，你的女友多得很。"

我不愿自己在感情上和这种男生有丝毫瓜葛，但生活中他算得上是一个热心的人，所以不谈爱恨的话，我们相处得还算不错。

五彩灯光在头顶旋转，晃过每张迷茫的脸。

不喜欢人声嘈杂，我找了个机会钻到角落里躲起来。

你朝我走过来，我会意地挪到沙发的另一边给你腾出位置。

"你的手指有螺纹吗？我一个也没有。"你问我。

"嗯，我也一个没有。"

顺理成章，我伸出右手，你顺势拉了过去仔细看。我们看着彼此的手纹，在两个掌心里比画着，一边小声说些见解一边浅浅低笑。

我感觉，你的头发触碰到了我的刘海。

有人在叫我唱歌，我没有什么兴致，你不等我拒绝就接过话筒唱了起来，十分利落。

一首歌唱完，我们继续发掘掌心里的玄机，低声说话。

其间，X走过来，她在茶几的另一边坐下，和她面对面坐着，我竟找不到话题来打破沉默，倒是你和她讲了几句无关紧要的话，然后她就走开了。

D什么时候站到你身后的，我没有注意到。但也只站了一会，就走了。

两个人相继离去，我感叹了一句："觉得没趣吧。"

"谁愿意当电灯泡呢？"

你的话让我颤了一下，只有在某种特殊场合才可以充当电灯泡，多事地发着亮堂堂的光。我们给了那两人那种特定环境吗？是从什么时候开始，我们也成了这类特殊场合的创造者呢？我们有过什么承诺吗？是你保证过什么还是我应允过什么吗？

我努力让自己平静，一贯的无所谓和漫不经心都不见了，我多了些心慌意乱。

♥ 07 ♥

我跟你说，我饿了。

你进宿舍拿了件外套给我披上，我觉得重多于暖和。

没敢惊动门卫，我们是翻越院墙出去的，然后走了一段很崎岖的小路，路上有很多小块的积水，我们都走得很小心。早该想到那个时间点没有什么地方可以吃东西了，在附近晃荡了一圈，我们又翻越院墙回到学校，在操场上坐着。

操场上太安静，我们不敢大声讲话。

"星星好美。"

"是啊，星星好美。"

你从我身后抱住我，我有些心慌，挣脱后跑开了。你在后面喊着，让我停下，你说你不抱我了。你过来告诉我，我跑去那个地方不安全。

数不清天上的星星有几颗，数到我的眼神比夜色还迷蒙。

♥ 08 ♥

教室里很多人在讨论分数，情绪都很激动。我看到你呆呆地坐着，没有和任何人打招呼。

我考的分数不理想，但我的目标也不高，只要可以上一本就行。

再抬头时已经找不到你，X递给我一张小纸条，你说你回家了，还写下了你家的电话号码。我并没有什么需要讨论的，我只想见到你。

匆匆跑去门卫室打电话，是你妹妹接的，我很紧张。十多分钟后你赶来了，你说你考得不好，就回家了。我只是看着你，没有说话。

空荡荡的宿舍里就我们两个人面对面地坐着。

"我有没有影响到你高考？"你坐了过来。

"没有。"我想到的是，我是否影响了你的考试。

"我一直听他们说 J 是你的男朋友。"

"他是我的好朋友——那为什么你还知难而上？"

"我并不怕。"

宿舍里只剩下我的一点东西还堆放在一处。我们并肩坐在床板上，都默不作声。因为前一晚凌晨两点才回宿舍躺下，困意伺机袭来，我一直强撑着不让眼睛闭上。

"你困了，靠一会儿吧？"

"不。"

"为什么？"

"为了多看你一眼，睡着了时间就会过得很快，少了很多机会看你。"我们继续呆坐着。

爱有引力

去学校填志愿，遇到你，还有很多人。

没有什么犹豫，我向往远方。你看了一眼我的志愿表，还没有做好决定。

我不知道你是怎么考虑的，我们彼此都没有商量过，那时以为也许我们就是那么短暂。

你在电话里告诉我你将去另外一个城市的大学，我查了一下，离我要去的地方很远，也许千山万水。

当时的我也没有想过跋山涉水。

那个暑假你几乎天天下午给我打电话，每天的傍晚五点我都会坐在电话机旁等它响起来。我每次都装作正在做着别的事而被电话打断了，其实这些漫不经心和矜持都是装出来的。

那时，你有很多话要说。

后来，我说给你写信，我不知道写什么。因为我找不到合适的语言来表达我的心情，便与你分享代表我心情的歌曲，然后把歌词附上。我给你写了三封信，偷偷摸摸地丢进落了漆的绿色邮筒里，然后我四下张望，确信没有人发现。可惜你只收到过一封。

那年那月，我们都觉得相爱就是远远的思念和带着心跳声的电话。

♥ /○ ♥

在相隔不远的两个日子，我们先后高高兴兴地离开家，去了远方的大学。

开始那几天没有学习的烦琐，大家都在花时间熟悉环境，结识朋友，畅想未来。我也混杂其中，伴着许多小小的新鲜感。

接着我们开始军训。这原本应该是件很有乐趣的事情，可我那时总觉得紧张，使得我对很多原本轻松的事情都过分认真了。

你终于可以给我打电话了，你每次都得去到一个离宿舍较远的地方，排很久的队才能有机会给我打电话，因为你说你宿舍的电话要过些日子才能装好。你的话里没有烦累，只有成就感。

我在电话中跟你说军训太累，也告诉你我在同乡会上认识了几个师兄师姐，对他们充满了敬重和好感。

我不知道是不是我说师兄 H 太多次了，你露出不悦的情绪。但是我认为是你多虑了，我以为时间自然可以澄清我们那些解释不了的那些部分。

不知道是不是这个师兄的原因，你开始天天去排队给我打电话，让我渐渐有了窒息的感觉。

我说我们还是做回朋友比较好，听到你哭着说话，我的心止不住地疼，但依旧坚持。

爱有引力

你终于对我说，好。

大概我们都以为可以忘记些什么，可以接受些什么。

你的一个舍友打电话给我，他是为了骂我才给我打的电话。在他心里，单纯懵懂的你被滥情狡猾的我耍了，他觉得我不能承受你那种快要窒息的爱，是因为我对你没有爱。他理直气壮地质问我："如果你爱他，怎么可能觉得承受不起他的爱？"

我不像他说的那么片面，也无需跟他讨论，你给我的爱带着那么多的怀疑。就像他在奚落我的时候，同样是在怀疑我见异思迁。

只是，你的一个朋友特意为你来骂我，我最先想到的是你当时有多么难过。我在努力地忘记所有你和我的过去，记忆反而随着时间的推移变得更清晰。我知道我不能忘记你，我始终在爱着你。

我给你打去了电话，我说我们和好吧。

当初，想去爱却不懂爱。最幸运的是，我回头时，正好看到你还在原地等我重拾爱情。

♥ 11 ♥

大学毕业后，我去了你所在的城市，从此相濡以沫，执手偕老。

如今，结婚数年，我们也有了自己的孩子，唤作"久乐"。

我见你如初，你待我如故。

此生有你，真好。